一个人的战争

林白 著

北京出版集团
北京十月文艺出版社

图书在版编目 (CIP) 数据

一个人的战争 / 林白著. -- 北京：北京十月文艺
出版社, 2024. 10. -- ISBN 978-7-5302-2417-5

Ⅰ. Ⅰ247.5

中国国家版本馆CIP数据核字第2024F30J49号

一个人的战争

YIGEREN DE ZHANZHENG

林白　著

出　　版	北 京 出 版 集 团	
	北京十月文艺出版社	
地　　址	北京北三环中路6号	
邮　　编	100120	
网　　址	www.bph.com.cn	
发　　行	新经典发行有限公司	
	电话 010-68423599	
经　　销	新华书店	
印　　刷	北京盛通印刷股份有限公司	
版　　次	2024年10月第1版	
印　　次	2024年10月第1次印刷	
开　　本	850毫米×1168毫米　1/32	
印　　张	8.75	
字　　数	153千字	
书　　号	ISBN 978-7-5302-2417-5	
定　　价	49.00元	

如有印装质量问题，由本社负责调换

质量监督电话　010-58572393

一个人的战争意味着一个巴掌自己拍自己，

一面墙自己挡住自己，一朵花自己毁灭自己。

一个人的战争意味着一个女人自己嫁给自己。

——题记

目录

第一章　镜中的光

一个人的战争意味着一个巴掌自己拍自己，一面墙自己挡住自己，一朵花自己毁灭自己。一个人的战争意味着一个女人自己嫁给自己。

　　她在镜中看自己在水里游动，身体起伏，深处的泉水源源不断奔流，她觉得自己变成了水，手变成了鱼。

　　——林白《同心爱者不能分手》

这种对自己的凝视和抚摸很早就开始了，令人难以置信地早。在幼儿园里，五六岁。

知道这是一件不能让人看见的事情，是一件不好的事。巡床的阿姨在走过来，快要走到我的床跟前了。听到她的脚步声我就克制地停止自己的动作，闭上眼睛装睡。

那是一种经常性的欲望，甚至在夏天漫长的中午，不放蚊帐，床与床之间没有遮拦，阿姨的目光一览无余，我要耐心等到大家都睡着，最后那个阿姨也去睡了，我才能放心开始我的动作。

她的值班大床靠窗，和我之间隔着许多小床，我躺在床上越过许多小床看她略高的大床，大床上有时是长衣长裤，有时是浅蓝色的绸裙子，或者是黑色的棉绸裙，白色的短袖绸衣，胸前绣着花。

午睡的气息很黏稠，在夏天，蝉在叫，除此之外都被粘住了，奄奄一息。黄老师是近视眼，她不戴眼镜，她看人时把眼睛眯起来，如果值班的大床上是她，我就会放心，黄老师从不骂人，从来不出人洋相。午睡的黏闷气息胀满了整个大寝室，人人都被粘住了，四周的空气像水，把我浮起来。

在中午，光线强烈，闭上眼睛也觉得赤裸裸没有遮挡，邻床翻身、磨牙，轰然作响，脚步声惊天动地，多么多么不能尽兴的中午！

夜晚到来。

傍晚有游戏，然后到教室，坐在小椅子上，淡绿色，没有桌子。老师讲故事，或者大家唱一支歌，或者大家猜谜语。然后吃东西。我不馋，但我从未拒绝吃东西。有时是两颗杨梅，有时是一颗水果糖，或是一只芭蕉，比香蕉大，比大蕉小，叫"西贡蕉"，不知跟西贡有什么关系。有时是一只阳桃或者番石榴，最好是荔枝，这是我们这里盛产的佳果。大量的夜晚是吃木瓜，金红色，肉甜而厚，核像黑色的玛瑙，木瓜树树形奇异，是亚热带真正美丽的果树。切成一瓣一瓣，按顺序依次去拿。然后排队去洗手，排队去尿尿。每个人双手搭在别人的双肩上，就成了火车，嘴里呜呜地叫着行进。火车从洗脸架开到厕所，再开到寝室，寝室门口一边站着一个老师，给每个人摸额头，发烧的事是经常发生的。鱼贯而入，悄无声息，脱鞋，躺在床上，阿姨扬手一拨，蚊帐落下，床就是有屋顶有门的小屋子，谁也不会来。灯一黑，墙就变得厚厚的，谁都看不见了。放心地把自己变成水，把手变成鱼，鱼在滑动，鸟在飞，只要不发出声，脚步就不会来。

这种做法一直延续下来，直到如今。在漫长的日子中，蚊帐是同谋，只有蚊帐才能把人彻底隔开，才安全。

喜欢镜子，喜欢看隐秘的地方。亚热带，漫长的夏天，在单独的洗澡间冲凉，长久地看自己，并且抚摸。八岁的时候自己发现左边的乳房有硬块，妈说去找北京医疗队看。坐在单车后架上，从B镇到新墟，十五里路，太阳晒着头顶。医疗队在公社卫生院，妈说他们都是专家，普通话有一种权威性，并且亲切和蔼，然后回到妈妈的县医院，到药房拿药，走进去，四面都是瓶子，各种颜色的水、药片及盒子。药的气味很香，香而干净，不同凡响，残留在妈的衣服和头发里。我的药是水剂，几个大玻璃瓶里的水混在一起，半透明、混浊，有白色沉淀物，吃到嘴里是酸的，酸而凉。药房的大人说：怎么这么小就有小叶增生？妈说：不知道怎么搞的。她的同事说，你是怎么发现的？妈说：她自己抓痒发现的。

玩过一种跟性有关的游戏，肯定是一种游戏，书上说，男孩与女孩模仿性交是一种游戏，大人不必惊慌，因为生理构造没发育成熟，这种性交不会实现。同性间的游戏发生在我与莉莉之间，我六岁，莉莉七岁。莉莉是我的邻居，她的母亲是北京人。做这件事是因为阁楼上的模型、挂图和生孩子。母亲们宣传计划生育，肉色的人体模型堆积在阁楼上，塑料或石膏做成的男女生殖器模型，新奇，神秘，杂乱无章。在无聊的下午，偷偷走到阁楼上，生殖器们被剖开了断面，露出血的颜色，有些狰狞，更多的是肉色，用手按，有些是软的，有些是硬的。有响声会吓出一身汗。没有响声，大着胆使劲看。空无一人。大人下乡了，开始时莉莉还没搬来。一个小女孩，站在一堆乱七八糟的生殖器模型中，这是一幅多么奇怪的风景。在全世界，除了多米，还有谁拥有这样的童年呢！

回想我的童年时光，阁楼上的生殖器模型如同肉色的花朵在幽暗的地板上开放,孩子蹲在地上,长久地冲它们瞪着眼睛,这是我常常看到的情形。

看人生孩子是一件十分刺激的事情。妇产科的产房垂挂着深蓝色的布窗帘,窗台很高,要爬上去才能看清里面,我没有爬过,踮起脚尖也不行,站在稍远处,使劲往上跳跃,身体上升,眼睛对着窗子还是看不见,必须在跃起的同时,有风将窗帘吹开。从来没有这样的巧事。另有一扇窗,正对着产床,但需要绕到屋后,穿过勒鲁(一种叶子带刺的植物)围成的篱笆,踩着一地玻璃碴儿,还会被大人发现,充满危险和曲折,还要正好碰上有人生孩子才能看到。终于有一次,"二万五千里长征",到达了那个窗口,窗帘没有被拉上,一个女人正在产床上躺着,两腿叉开,像阁楼上的模型一样的阴部活生生地长在一个女人的身上,没有遮挡,最大限度地张开,那一眼真是恐怖无比,就像有一幅古怪的画,已经看熟了它在墙上不动的样子,有一天它忽然活动起来,一欠身就从画上走了下来,吓得人魂飞魄散。在那个危险的窗口,我手脚一软跌了下去,再重新爬上的时候窗帘已经关上,看不见了。听见说话的声音,铁器相撞的叮叮声和水的声音。终于没有看见生孩子。

孩子是怎样生出来的? 这是一个隐秘的问题。有一次听说有人在路上生孩子了,一个临产的女人,步履蹒跚,在穿过球场的时候孩子掉出来了，许多人都去看，球场的石凳上围了一层又一层人，挡住了视线。后来女人和孩子都被转移了，人也散了，走近石凳看，有一摊血，亮汪汪地暗红。生孩子是一件非常危险的事情。要出血，有时要死人。这是我很早就知道的。危险的事情对我总是有吸引力，是一种诱惑。我怀着恐惧和兴奋，一天又一天地等待危险日子的到来，仿佛那是一个欢乐的日子。

难道我是一个潜在的受虐狂吗？

在漫长的童年期，我始终没亲眼看到生孩子。在宿舍不远的地方，在妇产科门口的枇杷树稀疏的树荫下，一个又一个孩子出生了，母亲说，他们是一串一串生出来的，有些日子全是男孩，另一些日子则全是女孩。像是预先被人配制好，插花着出来。在平静的日子里，有时会出现怪胎，无头儿或双头儿，它们被裹在鲜黄色的厚草纸里，由穿着白色工作服的勤杂工，拎到医院后面的山上埋葬，挖很浅的坑，夜晚有野狗，把白天的浅坑扒开。大人死了也埋在这座山，从来不会去更远，更远的山是石山，像桂林山水那样，美丽而奇特，甚至像仙境，但是不能埋死人，没有土。埋死人的那座山叫螺岭，是一个神秘和恐怖的地方。后来挖防空洞，就在螺岭，大人们挖出许多白骨，人头骨，年深日久，不知是谁。孩子们在白天被领去看过，战壕深到大人的腰，没过小孩的头顶，泥土深处的气味凉森森地逼近全身。某些夜晚，防空演习的警报在B镇的上空呜呜呜响，大人小孩，要从被窝里起来，穿上黑色或深色的衣服，不许打电筒，不许擦火柴，不许哭，不许叫，迅速转移到山上防空洞。每一次都是假的，每一次假的都像是真的。

门口是一条马路，埋葬死人要从门前经过，没有别的路可走。有时有男女老少六七人，穿着白布帮的鞋子，头上扎着白布条，号啕大哭，边哭边说。这是B镇的老人死了。有时是戴着黑袖章的队伍，抬着花圈，这是机关单位的人死了。他们经过我家的门口，到达医院的太平间，太平间的门打开，出来棺材，黑色或者暗红色，他们一起走上山。山上全是一种开着米黄色的小花、叶子细长有臭气的树，不知叫作什么。B镇的花圈一律用这种树的枝叶扎成。太平间和医院宿舍的厕所几乎连在一起，只隔着一个院子，院子里的草特别繁茂，繁茂而荒凉。上厕所就会想到身后是太平间，阴天或者夜晚，会想到鬼们在一墙之隔的后院飘荡。鬼长得什么样子呢？

有一段时间，每天晚上都想象死。外婆说，要是你爸不死，你就可以吃上很多糖果和饼干。我问什么是死，外婆说：死就是像你爸一样，再也见不着了。我问：他为什么要死呢？外婆说：他病死了。我问：不病就不死吗？外婆说：人都要死的。我问：我什么时候死呢？外婆说：多米还小，多米还没长大，还要过几十年。我问：外婆什么时候死呢？外婆说：快了，外婆老了。我说：我知道了，外婆死了妈妈死，妈妈死了我死。我问：外婆你怕不怕死？外婆说：我老了，不怕了。

我每夜做许多梦，梦见自己的亲人死去，有时是外婆，更多的是母亲，她像电影里的革命者，江姐，或者韩英。铁链在梦里叮当作响，缭绕着母亲，她有时被流弹击中，仆倒在地；有时血肉模糊，鲜血如注。我在梦中清醒地意识到，我的母亲一旦死了，我就成为真正的孤儿，我只有八岁，我怎么养活自己呢？我从梦中惊醒的时候常常是一身冷汗，但我知道，我从梦中回来了，梦中那样一个可怕的地方我终于逃脱了出来，我知道，母亲并没有死，她只是下乡了，我并没有成为孤儿，我只是一个人睡在家里，外婆也回乡下去了。在那样的夜里，虽然不是孤儿，仍然觉得害怕极了，除了被子，没有什么东西可以挡住我，使我不至于一闭眼就掉到梦里去。

到后来，我梦见自己的死。

我总是被人追逐，无论怎样奔跑躲藏总是被人抓获，然后被押到一面高大的墙跟前，面对枪口，在被枪口对准的瞬间，我想，这次真的要死了，我永远不能再活过来了，紧接着眼前红光一闪，胸口一阵灼热，我便在真切的梦中死去了。

除了梦见死，最怕梦见和最常梦见的就是结婚，不知道小小年纪怎么会做结婚的梦。结婚在我的想法里也是一件可怕的事，我想我是永远都不会结婚的，我是另一类人，但我常常在睡梦中被一种强大的力量控制着，违背自己的意愿结着婚，结婚的梦永远是一个婚礼（没有任何婚后的生活内容，童年关于结婚的概念就是婚礼），像多次看到的大人的婚礼一样，不知为什么毫无道理地自己就被放在了一张桌子跟前，别人说，这是你在结婚，站在身边的新郎不是全班最差的男生就是B镇最难看的男人，我立即就吓出一身冷汗从梦里醒来。在半醒半睡真假难辨的时候绝望地想到：这下完了。或许我害怕的只是差男生或者丑男人。

还有一个重复多次的梦。八岁以前每次生病发烧这个梦都会如期而至。这个梦很抽象，没有任何情节可追寻，我至今仍无法猜到它隐秘的意义。由于它的多次重复，它的形象清晰而鲜明，像光谱一样的赤、橙、黄、绿、青、蓝、紫，有时是其中的几种，像彩虹，但不弯，是长条形，色彩短而粗，是竖着的，从某一个地方无穷无尽地进入我的梦中，充斥着梦里的全部空间，它进入的速度时快时慢，快的时候色彩紧密，几种颜色紧紧挤在一起，让人觉得难受，有时进入的程度慢些，颜色与颜色之间疏朗些，长长一段的红色，长长一段的黄色，从容地鱼贯而来，这时就觉得好受些。有时来势汹汹，头就快裂了，忽然就慢了下来，很像快要憋死了又从水里浮出来。有时不是发烧，只是觉得难受，就会做这个梦。那段时间我体质不好，永远处于准病态，所以总是做这个梦。

彩虹的颜色来自哪里呢？

这个彩虹的梦缭绕我的时候我总是自己一个人，我病的时候母亲总不在，她一年中在家的日子不多。病了我就自己睡觉喝水，以及做这个彩虹进入的梦。从来不吃药，很小的时候就知道吃药会增强抗药性，到病得厉害时什么药就都没用了。那个时候我没有邻居，所有的邻居都留在防疫站了，我的母亲到了一个新单位，妇幼保健站，连站长在内一共四个人。大人全部下乡，窄长的房子，四层，地上的一层有一个别人的老保姆，我独自睡在三楼，这是一座奇怪的房子，每层都只有两间小而长的房间。现在想起来，觉得那也许是从前的客栈，隔壁是一个盐仓，墙脚满是硝土，一片一片的。总之我就睡在三楼上，置身于空无一人的黑暗中，彩虹的颜色从另一个黑暗的地方无穷无尽地进入我的梦中。

这个梦在我八岁以后就消失不见了，再发烧时也没有再来，永远没有再来。二十多年之后，我三十岁那年，我当时的男友送给我一个黑色的小钟，比巴掌略小，正四方形。有一个晚上我发现这钟面放射出彩虹的光芒，彩色的光线照在发亮的桌面上，成为一小片淡淡的彩虹光。钟面和桌面的彩虹两相映照，构成一个极为奇特的图案。这使我突然记起了小时候做过的那个梦。我至今搞不清楚这种神秘的联系昭示了什么。我跟那人的关系破裂后，才突然发现，那个黑钟是一个可怕的象征，瘦长白色的指针，黑色的底，像一只长着白须的黑猫的脸，如同岁月一样阴险。

我在梦中一次次地死去，又在醒后一次次复活。在夏天，我的夜晚从五点半开始，我搭伙的防疫站，晚饭是四点半开饭，吃了饭就没有事情可做了，有时去公园捡红豆，八点多才睡觉。如果哪里都不去，五点半就上床睡觉了，没有人管我，也没有地方可去。一个人在屋子里感到害怕，只有在床上才感到安全。上床，落下蚊帐，并不是为了睡觉，只是为了在一个安全的地方待着。若要等到天黑了才上床，总要胆战心惊一阵。从外面回来，走廊是黑的，只有在纵深的第三个天井那里才有灯，但我不用到那里去。我要上的楼梯在第一个天井的旁边，我独自上楼，脚步声在安静的黑暗中奇怪地响着，这使我觉得身后有人，我走两步就回头看一眼，楼梯拐角处有一个灯，但很久不亮了。走过拐角处就能看见天了，是天井的天，有很淡的星星的光，脚步声从天井上空传出去，就没那么响了。我一直往上走，还有些紧张。然后我到三楼，开了门，开了灯，将门背后和床底下全都看一遍，拉上两道木门闩，全身松下来。厕所在房子深处第三个天井的尽头，晚上我从不喝水，这样可以不用上厕所。

如果我五点半就上床就没这么害怕。

我上床的时候太阳正在落山，光线很强地照射在床边的墙壁上，我就在明亮的光线中落下蚊帐，这使我感到无比安全，黑暗被我早早地关在房间的外面，它们到来的时候我已经躲在床上了，我靠墙坐在床上，一动不动，背上一片冰凉。有时躺着，太阳由金色变白，变灰，灰蒙蒙的时候异常安静，然后就是黑暗。黑暗到来使我松一口气。有时天还亮着我就睡着了，我在深夜醒来，冥想死亡，我想到一个深长黑暗的隧道，一直掉进去，永不能再回来。

　　有一个愿望缭绕了我许多年，我幻想死后不用土埋，不用火葬，而是用太空船，将我扔到太空里，我将与许多星星飘浮在天空中，永远不会腐烂（有关太空的知识是我从儿童科普书上看来的，我遍读了"少年之家"的藏书以及我家除了医书之外的大小读物）。我在黑暗中想象自己浮在太空中，没有空气，没有轻，也没有重，宇宙射线像梦中的彩虹一样呼呼地穿过我的肉体，某个神秘的、命中注定的瞬间，黑洞或者某个恒星炽烈的光焰将我吞没，我将再次死亡。

　　我按照外婆的年龄估算我的死期，我设想那是在21世纪，那将是一个科学技术高度发达的时代，我的愿望一定能够实现。我八岁的时候对人类的前途充满信心，不像在长大后那样悲观。我二十一岁的时候曾跟一个三十八岁的奇女人说我只要活到四十岁，这个女人肤色黝黑，眼眶深陷，美丽而深邃，她当时是个工人，但她读过普列汉诺夫，写得一手好字，她的字在我认识的女人中无人可比。她有一个奇怪的名字，叫北诺。

北诺不是本地人，说普通话，她在一家袜厂当临时工，这使我觉得很不可思议。她从不跟人说她的身世，我只知道她没有家，没有固定工作，隐隐感到她可能有一个孩子。她用最平庸的布也能做出美丽而飘逸的衣服。她寄住在N城的一个远亲家里，在过道里铺了一张极小的床，床头是窗台，窗台上晾着她捡来的玉兰花，有些已经干成深褐色了。北诺说，干玉兰花瓣用来泡在水里当茶喝。北诺说我只想活到四十岁太悲观了。第二年暑假我到N城去，北诺已从袜厂消失了，她的亲戚也说不清她的去向。

北诺一下就从我的视线中消失了，如此奇异的女人她要到哪里去呢？她要干什么呢？我猜不透。

美丽而奇特的女人，总是在我生命的某些阶段不期而至，然后又倏然消失，使我看不清生活的真相。生命的确就像一场梦，无数的影像从眼前经过，然后消失了，永远不再回来，你不能确定是不是真正经历过某些事情。

我常常想，只要我写下来，用文字把那些事情抓住，放在白纸上它们就是真正存在过的了。我甚至不相信电脑，我的电脑不带打印机，我在电脑上写作，存在硬盘和软盘里，机子一关，就什么也没有了，写作像做梦，关机就像梦醒，我不能确定我刚刚写的东西是否真的能再出现，因为我不能随时看见它们。每当我写完一篇小说，我总是来不及修改订正，常常是急如救火地找一个可以打印的地方把文字印出来，只有看到了文字我才会心安。在这种不放心的状态下写作使我很不舒服，于是我放弃了电脑，重新获得了自由。

我不知道北诺是不是我的梦，那是十年前的事情了。本来我可以去查一下我的日记，这是我的记忆的可靠见证，但我来北京的时候行色匆匆，无法将几十本日记随身带来，我想等我安顿好了再回N城运行李。我在电影厂的宿舍在道具车间旁边的房子里，车间周围长着很高的草，从来没有清理过，我隐隐感觉到，有一天它们会带来灾难，火焰飞舞的情景不止一次在我梦中出现。我走后不久，道具车间果然就被一场大火毁坏了，我宿舍中的日记本也在这场大火中化为灰烬，我三十岁以前全部经历的文字记录灰飞烟灭，无处可寻。也许正是因为这场大火导致了我的这部小说，我打算回忆我的前半生，把模糊的往事放在安全的纸上。

但那场大火把回忆和想象搞混了，我确实不知道是否真有一个北诺，除非她本人看到我的小说，亲自向我证实这一点。

现在要告诉你去年夏天发生的一件事情。六月份，在一个带有"九"字的日子（这个数字跟我有着某种神秘的联系，每逢这个数字的日子我总会格外不安，时刻准备着奇迹的降临），那天傍晚我从家里出来，漫无目的地在二环路的人行道上行走。我走在北方陌生而单调的植物中间。四周很静，远处有些模糊的行人。我听见背后有人走动，声音很轻微，我想这是一个十分年轻不同寻常的女孩，我回过头，果然看到我身后四五步的地方站着一个年轻美丽的女人，她的长发随意飘着，垂到腰际，她穿着一件又大又长的衣服，既像衬衣又像风衣，这件衣服正如这个女孩，让人说不出身份。这个女孩说她小时候在B镇，我说我怎么不认识你呢，她说你不是不认识，而是忽略了。她说起小时候的事情，她说她住在我所住的街道，她也总是五点半就上床睡觉，比普鲁斯特还早。她说起小时候的事情和做过的梦，竟如我的一模一样。

她的话使我一阵阵发冷，我喃喃问道：你是谁？是我的影子，还是我虚构的人物？女人诡秘地说：如果知道了真相你会承受不住的。我虚弱地低声说：请你一定告诉我，你告诉我，你是谁？你是我虚构的吗？

女人看着我的眼睛，一字一字地说：恰恰相反，你才是我虚构的。我全身发软地看着她，我问：怎么才能证明我是虚构的呢？

女人看了看我，说：总会得到证明的。

我们一直往北走，走到河边。远处有一些人在乘凉，但他们都木然不动，汽车开过，光柱在他们身上瞬间滑过，然后归于黑暗，看起来很像一些竖立在河岸上的墓碑。

女人说：你知道我们为什么要到这里来吗？

我说：不知道。

女人说：你没有意识到，你在等待某种神秘的东西，你在小说里曾多次提到，河流是冥府的入口处，但你并不知道，在哪一个特定时刻能与阴间接通。女人说：我曾得到过一位大师的指点，按照他的精密计算，眼前这条河，从上游流过来的河水，将于今夜三点零三分与冥府接通，接通的时间只有半分钟，但这足够了，如果你有什么东西要送到冥府去，只需举行一个仪式就能做到。

我马上想到了我的父亲，他在我三岁的时候就去世了，我应该送给他什么呢？送玫瑰，还是栀子花，或者是芭蕉叶子，可惜北方没有。

女人说：让我们一起来等待这个时刻，我将陪伴你，你的仪式一旦结束我随即离开，你若是需要我，你可以在明年的这个时刻到这里来。

午夜时分来到了，漆黑的河面上泛起一些灰白的亮光，像天色微明的薄光，既虚空，又富有质感，给河岸带来了清凉的气息，这片灰白色的亮光从天边一直延伸下来，从我们的身边流过，把我们与世界隔开，而把另一种庄严久远的东西传导给我们。

我说我想把玫瑰放进河里去。女人说：在你的意念中将玫瑰一朵一朵地放进河里，意念要非常清晰，要一朵一朵地放，注意不要让它们倾斜、覆没、沉到水里，要让它们浮在水面上，在意念中将玫瑰放满整条河，直到你闻到它们飘动的芬芳，这个仪式就完成了。

我按照她的指引，像做气功一样坚守这个意念。我果然闻到了一种奇异的香气，满河的玫瑰在我面前浩荡而下。

仪式结束之后，神秘的女人果然离开了，河岸上的人们仍伫立不动，他们穿着白色的衣服，在月光下如墓碑，使我想起罗布-格里耶的一部电影。

以上的经历我写过一篇小说发表，我希望更多的人知道这件事情，而我将不会忘记在次年的那个时间到护城河等候那个神秘的女人。

昨天就是那个日子，上午是阴天，我参加了一个新闻发布会，会还没有散就下起了雨，没有雨具。有一个热情的朋友把我和几个人拉到她的家去，她家有一只美丽的大白猫，一只眼睛蓝，一只眼睛黄，我们欣赏了一个下午猫之后雨不但没有停，傍晚的时候反而刮起了大风，风雨交加，根本无法出门。于是主人让我们在客厅里看录像或者睡觉，我们看了一个世界小姐选美，一个武打片，一个恐怖片，一个警匪片。半夜的时候我偶尔抬手看了一下表，指针正指在三点零三分的点上，这个时刻使我悚然心惊，我看了看窗外，依然是大风大雨，伴随着隐隐的闪电，不知道在这样的夜里，那个神秘的女人是否如期而至，这个问题搞得我心神不宁。我明白，我永远把这个机会错过了。那个女人说我若要找她，可以在今年的这个时刻到那里去，她没有说是否明年、后年以至于每年的这个时刻都在那里出现。

现在是我错过的当女先知的第二个机会。我不知道神秘的事物为什么总要找到我，我在那个众人不曾觉察的神秘的隧道口前掠过，一次是预测未来的玄机，一次是与冥府接通的女人，但我总是错过了它们，我没有最后选定它们，它们也没有最后选定我。

在那些独自一人的夜晚，五点半就上床，然后在半夜里醒来的夜晚，想象死亡，在黑暗中万分害怕地等待鬼魂的到来。

B镇是一个与鬼最接近的地方，这一点，甚至可以在《辞海》里查到，查"鬼门关"的词条，就有：鬼门关，在今广西北流县城东南八公里处，B镇就是在这个县里。我八岁的时候曾经跟学校去鬼门关附近看一个溶洞，溶洞比鬼门关有名，晋代葛洪曾在那里炼过丹，徐霞客也去过，洞里有一条阴气逼人的暗河，幽深神秘至极，没有电灯，点着松明，洞里的阴风把松明弄得一闪一闪的，让人想到鬼魂们正是从这条河里漫出来，这条暗河正是鬼门关地带山洞里的河啊！有关河流是地狱入口处的秘密，就是在这个时候悟到的。B镇的文人们将暗河流经的三个洞分别命名为"勾漏""桃源""白沙"。洞外是桂林山水那样的山，水一样的绿色柔软的草，好像不是跟鬼有关，而是跟天堂有关。

这个叫鬼门的关在去石洞的路上。一左一右两座石山向路中倾斜，像天然的巨大石拱，平展的石壁上有三个凹进去的巨大的字：鬼门关。朱红的颜色，确定无疑地证明着。据说这字在唐代就有。

出生在鬼门关的女孩，与生俱来就有许多关于鬼的奇思异想，在空无一人的大屋，夜色渐渐降临，走过一个又一个天井，绿色潮湿的鬼魂从青苔中漫出，舞动它们绿色的长袖，长袖的颜色跟青苔一模一样，你分不出哪是青苔哪是鬼的长袖，必须凝神屏息，紧紧盯着，不眨眼，不打喷嚏，或者闭上眼睛，待它们毫无防范时猛然一睁，多次反复，在反复中就能看见它们，它们像湿气一样若隐若现，轻如羽毛。同时它们也在阁楼上，阁楼是一个黑暗的地方，从来不安电灯，在这样的地方它们大胆，窃窃私语。从黄昏就开始，到黎明时才结束。我想我并不害怕它们，我跟它们无冤无仇，这是外婆教给我的真理，我把这个朴素的真理牢记在心，只怕坏人，不怕鬼。

阁楼上的窃窃之声弥漫的时候，我就想到要看看它们。我站在楼梯口，想象它们的另一种形状，跟天井里的鬼不同，阁楼上的鬼穿着宽大的黑衣，像阁楼上的空气一样黑，黑且轻，它们飘在阁楼的空气中。它们是谁呢？是从前住在这里的人吗？这幢像客栈一样的房子，不知有多少人住过，它们分别是男鬼、女鬼、老鬼、幼鬼，比较起来我更愿看到美丽善良的女鬼。我的小学老师邵若玉，以及县文艺队的姚琼，是B镇最美丽的女人，她们自尽而亡，是B镇久久难以平息的话题，她们年轻美丽的脸庞，像明月一样悬挂在B镇的上空，那是六十年代的往事。六十年代，那个B镇的小女孩站在阁楼的楼梯上，她想象那两个年轻美丽的女人变成了鬼魂飘荡到阁楼上，她们没有形状仍然美丽，没有颜色仍然美丽。我一步一步往上走，总是走到一半就停下来，我既好奇又害怕，说不害怕不是真的。在黄昏，我总是坚持不到阁楼去，而在白天，我搜遍阁楼的所有角落，没有发现夜晚窃窃之声的出处。我总是一无所获。

关于鬼魂的传说还来自一条河，这条流经B镇的河有一个古怪的名字，叫"圭"。在这个瞬间我突然想到，"圭"与"鬼"同音，无论在普通话里还是在B镇话里，这两个字音都是如此相同，在过去的岁月里，我竟把这个事实完全忽略了。圭河在别的县份不叫圭河，而且一直向东流得很顺利，到了B镇却突然拐弯向北流，过了B镇再拐回去，这真是一件只有鬼才知道的事情。七月十四鬼节，B镇的圭河总是给人特别深刻的启示，每年的七月十四，无一例外都要淹死一至两个孩子，我们在学校里接受了无神论的教育之后总要思考这样的问题：若是世界上没有鬼的话，为什么总会在七月十四这一天淹死孩子？活着的孩子十分认真地向老师提这个深奥的问题，老师皱皱眉头说：七月十四快入秋了，水凉，容易抽筋。孩子不甘心地追问：为什么总在七月十四呢？老师把眉头皱得更紧地说：那是凑巧！孩子得不到满意的回答，每天放学路过圭河就站在河岸看水，水草在清澈的河水里缭绕，死去的孩子常常被它们缠绕，活着的孩子想，水鬼一定就藏匿在水草中间。

关于鬼的故事就说完了。

没有母亲在家的夜晚已经形成了习惯，从此便有了永远的隔膜，只要她在家就感到不自在，如果跟她上街，一定要设法走在她身后，远远地跟着，如果跟她去看电影，就歪到另一旁的扶手边，只要她在房间里，就要找借口离开。活着的孩子在漫长的夜晚独自一人睡觉，肉体悬浮在黑暗中，没有亲人抚摸的皮肤是孤独而饥饿的皮肤，它们空虚地搁浅在床上，无所事事。

我意识不到皮肤的饥饿感，只有多年以后，当我怀抱自己的婴儿，抚摸她的脸和身体，才意识到，活着的孩子是多么需要亲人的爱抚，如果没有，必然饥饿。活着而饥饿的孩子，是否有受虐的倾向？

因此处于漫长黑暗而孤独中的多米常常幻想被强奸，这个奇怪的性幻想是否就是受虐狂的端倪？想象被追逐，绝望地逃到一处绝壁跟前，无路可去，被人抓获，把衣服撕开，被人施以暴力，被人鞭打，巨大的黑影沉重地压在身上，肉体的疼痛和疼痛的快感。在疼痛中坠入深渊，在深渊中飞翔与下坠。这是多米在童年期想象的一幕，就像多米在幼年时所做的梦到了成年之后往往有所对应一样，被强奸的幻想在她的青春期也变成一件真实而带有喜剧性的事件。

想象与真实，就像镜子与多米，她站在中间，看到两个自己。

真实的自己。

镜中的自己。

二者互为辉映，变幻莫测，就像一个万花筒。

现在让我们来看看那件事情。多米在黯淡的大学时代除了在王的上铺的蚊帐中回忆往事，就是拿一本书到山上去。那是一条僻静的小路，因为离宿舍太远，又要爬山，去的人极少。多米避开了人群，感到安全而满足。开始的时候，多米警惕着没有人的另一种危险，她瞪大眼睛，将小山包的一石一木看了又看，看得明明白白，一览无余，在一个没有藏匿之所的地方，有什么危险可以藏起来呢！多米很快就放心了，在大学四年级整整一年中，多米在没有课的下午总是到那里去，那里比蚊帐更舒服，蚊帐是小家园，山包是大家园，有了家园的人是多么幸福，多么自由，家园里的一草一木是多么亲切。于是在一个大雾天，多米坐在山包最高处写诗，一个看不清五官的人从她的正面走来，她听见他问：W大的职工宿舍在哪里？声音十分年轻，多米扭头去指一排房子，说时迟那时快，五官不清的年轻人一个箭步冲上来，把多米摁倒在地上，他用手紧紧卡住多米的脖子，用了全身的力压在手上，多米睁着眼睛，看到天空正在迅速暗下去，呼吸起来困难，气快进不来了，眼睛发黑，就像掉到深渊里，多米想：完了。她飞快地想，这是一个梦，她又飞快地否定：这不是梦，这下真的完了。就在她觉得快要气绝的时候，那人松开了手，多米觉得胸口一松，空气长驱直入，多米软绵绵地睁开眼睛，看到天空一下又亮了，白色的雾亮汪汪地在她的头上浮动，身下的石头硌得有些疼痛，她想她的头肯定沾上泥土了。她听见那人气喘吁吁地说：我要和你发生关系。说着便动手拖多米，他艰难地拖了几步，多米说：算了，我自己走吧，你把我的鞋拖坏了。那人虚张声势地说：不许你叫，不然我把你的鼻子咬下来。

关于咬鼻子的传说是那一年流传甚广的失恋报复故事，有如今天的潘平硫酸毁容案，谈恋爱和不谈恋爱的人都知道，咬鼻子说的是一个男青年失恋之后一怒之下把女友的鼻子咬掉了，事情传出之后又引来不少效仿者，一时间，被咬掉的鼻子纷纷出现在祖国各地，成为鼻子尚在的女孩们的阴影。多米想：他是会说到做到的。那人一只手紧紧抓着多米的手腕，说：去防空洞。多米顺从地走着，她脑子十分清醒，她奇怪自己的这种清醒和顺从，她清醒地想：呼救是没有用的，没有人。她将忍受这件事，将把它看成是一场梦，既然没有人知道，它就是不曾存在过的，就的的确确是一场梦。如果不幸留下一个恶果，她将独自处理掉。

当多米适应防空洞的光线之后，她吃惊地发现，这个强暴者是一个明眸皓齿的男孩，皮肤白嫩，透着一层红晕，特别显眼的是他的嘴唇，像少女一样红嘟嘟的，多米班中的男生没有一个有这样的嘴唇，多米看见他唇上还有一层细细的淡黄绒毛。他毫无经验地在多米身上摸索着。他失望地说：你真瘦。他又弄自己的裤子，他发现多米在看他，便又从口袋里掏出一条手绢盖着多米的眼睛，说：不许看。然后他不放心地到角落里弄自己的身体，好一会儿才丧气地过来说：算了，我今天可能太累了。他把手绢从多米脸上拿掉，他们对视了一会儿，男孩说：你太瘦了，营养肯定不好。算了，你走吧。多米说：我的诗本子还在山上呢，你去帮我找回来。男孩问：你是W大的学生吗？多米说：是。男孩说：我很喜欢大学生，我们交个朋友吧。

他们走上山包，多米的诗本子歪歪斜斜地躺在原地，封面被石头剐破了一块，蹭了一些泥，多米如获至宝地捡到手里说：想不到还在。她拣了一块石头坐下，男孩坐到她身边，说：我挺喜欢大学生的。多米问：你多大了？二十一，他说。多米说：你比我还小三岁呢！男孩问：你有没有男朋友？多米说：没有。男孩说：我会经常来看你的。

多米说：你刚才快把我掐死了。男孩说：我当时很害怕，又想试一次，后来我看到你的脸成了紫色的了，才一下松了手。

你是第一次干这种事吗？

是。

你叫什么名字？多米问。

你叫什么名字？男孩问。他们互相交换了名字。事隔多年，我已经记不清这个男孩的名字了，只记得他姓王，名字好像是国庆或建国。他详细地告诉我他所在的工厂怎么找，希望我去找他。他说他的外公曾经留学日本，他母亲希望他上大学，他考了三年没考上。

多米和男孩坐在山顶的石头上，听着男孩说他自己的事情，多米想单调的读书生活竟然就这样充满了她四年的光阴，毫无光彩和刺激，这点奇遇是多么弥足珍贵，绚丽难得，就像天上的彩虹。多米不禁说道：以后我要把这件事写成小说。男孩一听立即严肃认真地说：千万不要写，你周围的人会对你不好的。他不解地问：你怎么会想到要写这些呢？他十分负责地要多米打消这个念头，他反复说：你要是写了以后你丈夫会对你不好的。

下山的时候他们路过了一家小卖部，男孩跳进去买了面包和汽水，已经是下午一点多了，分手的时候男孩又问：你愿意我做你的男朋友吗？这句像耳语一样的话使多米猝不及防，这样的话从一个强暴者口里说出来，真是新鲜极了。

一个黑眸红唇的英俊男孩，走在多年前大学宿舍后的小路上，他被浓雾所笼罩，他的脸出现在雾中，像雾中的花朵一样美丽，他悬浮在W大学黯淡的日子里，是难得的一点奇迹。

谁也不知道这个奇迹，王也不知道，她问我中午怎么不回来吃饭，我如实地说吃了面包，但躲在面包后面的离奇故事和故事中的红唇男孩她一无所知。其他的同学进入不了我的内心视野，她们在我的眼前走来走去但永远只像我的背景，我们互不相干。我在同窗们的身影中秘密地嗅着那个雾中山头的秘密，这个秘密散发出隐隐的雾气。

过了一个星期，天气晴朗，我在宿舍里乱翻书，从外面进来的同学说：多米，有一个男孩找你。

当时是冬天，我们那一届在春天入学，在冬天毕业，我们快要毕业了，我们已经考过了试，正在等待分配，我们一辈子都不用考试了，我们感到无比的幸福和轻松，隐秘的恋爱关系一下全都公开了，远在外地的未婚妻和未婚夫们也都一个个地来到学校，他们分别被安排在女生宿舍和男生宿舍，他们受到了热情的接待，宿舍里是前所专有的热闹，像过节一样，在白天，大家纷纷上街，去玩没玩过的地方。在空荡荡的房间里，我听见室友的声音说：多米，有一个男孩在楼下等你。

我走下楼，一眼就看到那个红唇男孩正着急地朝楼梯张望，他手上提着一大提兜水果，看见我他有些局促，在大学的校园里，当工人的男孩有些手足无措，他低着头，全没有了强暴者的勇猛。最后他问我能不能留在W城，我说大概不能，我可能去的地方离W城很远。他叹了一口气就低头不语了。我答应他，一旦分配结果出来，我就写信告诉他。

然后我们就分手了，过了几天，分配方案出来，我回N城。同窗们纷纷捆扎书籍，托运行李，陆续离校，人走室空。从此我和W城没有了任何联系，这个叫王建国或王国庆的男孩今又在何方？

在我长大成人后总是有人问我：你一个人住一间房子害不害怕？或者是出差的时候，或者是同屋人不在的时候，或者是分到一间单间的时候，这样的机会大量存在。我插队的时候有一年半时间在大队学校当教师，在学校院子里的一个角落分给我一间极小的土房。这是我第一次得到的一间宿舍。在我的感觉中，房间越小越不能让人害怕，空间是一种可以让人害怕的东西，而墙把它们隔开了，本来小房间并不能使我害怕，问题是没有电灯，也没有邻居，有一个公办教师住在隔着三个教室的另一个角落里，并且一到星期六他就回 B 镇的家。

星期六的学校加倍地黑加倍地静，若有闪电，就会在惨白的天光下看到人去室空的教室中破烂的桌椅间白纸飘舞，陡添恐怖的气氛。

接下去是大学里，我是班上每年春节都不回家的唯一一个，家乡被我早早地抛弃，我早早地失去了家园的热情，从不参加同乡会，从不与同乡说家乡话。我像一个孤魂似的飘荡在放了寒假的大学校园里。抛弃了家园的人同时也放弃了春节，春节是一个与家人团聚与故乡相会的日子，我轻视这样的节日，于是在长而黑且潮湿的走廊里，只有我一个人的脚步。他们问我：你害不害怕？在图书馆工作的时候住的是公园深处野草及窗的小矮房，也常有墨黑的静夜，窗玻璃被下流男人敲打着，猥亵的话吓人地传进来，窥视的眼睛悬挂在窗外。这样的夜晚你不害怕吗？多米想：为什么人们觉得她身上有一种男性气质，就是因为她从不撒娇（这是女孩子天生就会的，只是多米天生就失去了机会，永远也学不会、学不像、学不自然了，不会撒娇的女孩怎么会是一个可爱的女孩呢？），从不虚张声势地害怕，而害怕也正是女孩子的一个必不可少的素质，要娇弱地受到惊吓并且夸张地表现出来，以便给男士们机会。而多米，在遥远的童年就穿越了害怕的隧道，她在无数个五点半就上床的、黑暗而漫长、做尽了噩梦的夜晚经受了害怕的千锤百炼，她的身上是伤痕累累的铜墙铁壁，害怕再也进不了她内心了，再也打不疼击不穿她了。这是一个真正受过锻炼的人，千锤百炼，麻木而坚强。

　　甚至在八岁那年，她就充当了同龄男孩的壮胆者。那个胆小的男孩是多米的同班同学，是母亲同事的独生儿子、掌上明珠（这本来是用来形容女孩的，但形容这个男孩非常合适），女同事说她要下乡，当天晚上不能回来，她家肥头害怕，不敢一人睡觉，然后她自作主张不由分说把两床大棉被抱到了我的床上，她想我家反正没有大人，而一个大人是不需要跟一个小孩商量的，她像在自己的家一样动手给肥头铺床，铺成一个很舒服很厚实的圆筒，她让肥头钻进被窝里，并帮他掖好被子。肥头占去了我的床的三分之二的地方，女同事轻而易举地就在我的家里把我变成了无家可归寄人篱下的孩子，她指着床上剩下的三分之一对我说：多米，你快睡觉吧。我说我不睡。女同事说：多米快躺下，我来给你们关灯。我说：我不跟男孩子睡在一张床上，我要去我的同学家住。

女同事一听十分着急，说：你走了肥头怎么办？肥头会害怕的。我说：肥头害怕关我什么事！他又不是小孩子，他都上小学了，他应该锻炼。锻炼这样的词使女同事对我改变了策略，她说：好多米，阿姨知道你是一个勇敢的孩子，你以后会有出息的，肥头从小缺乏锻炼，你就陪他一个晚上吧！

出息这样的字眼极大地平息和奖励了我，从小我就立下了大志，要做一个有出息的人，出息是一个最能收买我的词，女同事无意中就收买了我，我顺从地上了床，缩在肥头剩下的三分之一的地方，我自豪地想道：肥头虽然毫无道理地占了我的床，但他将来是没有出息的。我在黑暗中生长着自己的雄心壮志，同时也滋生着对男生的不屑。

在小学，每个班级都有二三个精英分子，他们比同龄人更早地读了长篇小说（他们把这叫大书、字书，以区别于连环画），比如《林海雪原》《青春之歌》，当时这些书已经转入地下，成了毒草和黄书，小小年纪的男孩和女孩通过这些书知道了爱情这回事，他们心跳耳热看到了男欢女爱的那几页，那几页总是比别的书页脏些皱些，使我们一翻就能翻到。受到了毒害的女孩，在心里反复幻想着爱情，便暗地在班里选了一个最出色的男孩作为幻想的对象，心里一时充满了柔情蜜意。她热爱他的一举一动，她想：啊，这是我的。这个女孩不是我，是班上的"大王"，每个班都有一个大王，指挥一切，欺负弱小，谁不听指挥就孤立谁，孤立是大王最有效的政治手段，孤立就是：谁也不跟她说话，在放学回家的路上集体喊她的外号，对面碰到的时候给她一个白眼。多米不是大王型的女孩，她没有领袖欲，不喜欢群体，对别人视而不见，永远沉浸在内心，独立而坚定，别人无法孤立。只有对他人有依赖性的人才可能被人孤立，大王凭直觉了然了这一点。她喜欢特别的女孩，因此就把多米看成是她的好朋友，她常常对多米谈论那个她选中的爱情对象。

多米对此不以为然。她幻想的爱情总是十分奇怪，跟具体的男孩没有什么关系，小学、初中、高中、大学，一直没有爱上同班的男生。这里隐藏着什么呢？我到底是什么样的人呢？我是否天生就与人不同呢？这些都是我反复追问而又永远搞不清楚的问题。

我把这归结为我的耽于幻想、爱做白日梦的特性。一个幻想者是永远看不见她眼前的事物的。四五岁的时候我曾幻想长大后要嫁给一个乘降落伞自天而降的解放军，在这个幻想中，解放军是一个淡化的、模糊不清的、可有可无的对象，重点在降落伞和自天而降，以及神秘深邃布满星星的夜空。这是一个喜欢看天的孩子，在她的想象中，银白色的丝幕薄如蝉翼、半透明、柔软，从天穹深不可测的幽暗处如花朵般开放，一阵清幽婉丽的音乐声像气流一样推动着这白色柔软的花朵，它从星星的缝隙间穿过，越开越大，最后它鼓满了风，四个角像四瓣饱满的花瓣缓缓降落，花的中间隐藏着一个人，我无法描述他的面容和体态，只要他是乘坐我想象中的降落伞来自天上就足够了，就在黎明时分成为我幻想中的恋人。

我奇怪自己三十岁以前竟没有爱过一个男人，甚至电影里的男人，甚至外国电影里的男人。至于我三十岁那年发生的一场傻瓜爱情，那是很晚之后的事了。

我想，我真正感兴趣的也许是女人。由于我生性孤僻，一些病态的热情又全在病态的文学中流失了，在我没有爱上男人的同时也没有爱上女人，献身于文学事业是可悲的，它榨尽了我们的血肉与爱欲，使我们主次颠倒、深陷其中，回头望一眼都觉得不胜其累。

没有爱上女人但对女性的美丽和芬芳有着极端的好感和由衷的崇拜，从嘉宝、费雯·丽、褒曼、玛丽莲·梦露，到张曼玉、钟楚红、杨丽坤，这些是我一再比较精选出来的名字。女人的美丽就像天上的气流，高高飘荡，又像寂静的雪野上开放的玫瑰，洁净、高雅、无法触摸，而男性的美是什么？我至今还是没发现，在我看来，男人浑身上下没有一个地方是美的，我从来就不理解肌肉发达的审美观，肌肉发达的男士能比得上嘉宝吗？肌肉永远只是肌肉。在一场戏剧或一部电影中，我的眼睛永远喜欢盯着女人，没有女人的戏剧或电影是多么荒凉，简直就是沙漠，女人一旦出现，我们顿觉光彩熠熠，芳香弥漫，在夏天我们感到凉爽，在冬天我们感到温暖。以人体摄影为幌子的画册中，我永远喜欢那些柔软优美的女性人体，她们的躯体像白色的百合花充满在画页中，我不明白选编者为什么总要插进一些男性的躯体，它们粗重笨拙，一无可取，我不相信会有人真正欣赏它们。

至此，我有些怀疑自己是否具有同性恋倾向，这类人正在某些国家游行，争取自己的权利，这个运动风起云涌，波澜壮阔，是我们这个时代特别的景观，它像革命一样呼唤着每一个潜伏着革命因子的人，使那些被呼唤的人跃跃欲试，蠢蠢欲动。

让我回忆我面对真正的女性人体时的感觉。长期以来，我没这样的机会，在我亚热带的B镇，洗澡被叫作冲凉，从四月到十一月，每天都是三十多度，热且闷，汗水堵住毛孔，浑身发黏，洗澡是一天中很重要的事情，因此每家都有单间的冲凉房，每个机关都有一至两排乃至三至四排冲凉房。这是我们的裸露之地，我们无法想象集体澡堂，前所未见。听那少数几个去过北方的人说起这种集体的洗澡方式，我们一再觉得这简直是一个天下奇闻，我们无论如何也不明白那些北方的人们为什么不多盖冲凉房，为什么要这么多的人挤在一起冲凉，他们难道不知羞耻吗？我们坚定地认为，这种集体洗澡的方式极不文明，到北方去最令我们恐惧的事情就是洗澡，洗澡是我们的畏途。

在B镇的漫长岁月中，我多么想看到那些形体优美的女人衣服下面的景象。有一个时期，我常常去看县文艺队排戏，那时他们排歌舞剧《白毛女》，我对扮演白毛女的演员姚琼迷恋至极。当时学校正不用上课，我便每天去看姚琼排戏。我心急火燎地吃完饭，一溜小跑地赶到大成殿，推开虚掩着的门，一进入院内，我就觉得进入了一个神秘的地方，两旁的雕梁画栋朱颜剥落，空地间青草繁茂，四周没有人，从大殿的深处传来唱歌的声音，引导我往深处走。姚琼身材修长，披着一头黑色柔软的长发，她的腰特别细，乳房的形状十分好看。有一次排练，她把腿向后搁在扶杆上，一边背她的台词，一个比我还小的男孩走到她脚下，蹲下来朝她衣服里面看，这是一个很滑稽的场面，我多年来记忆犹新，那个男孩是如此的小，使我无法拿某些不好的词来说他。后来姚琼发现了这个蹲着的小男孩，她对他说：去去。

这事就完了。

以我对姚琼的迷恋，我也极想看到她的衣服里面，但我不能像男孩那样，我在等待别的机会。

在等待的过程中我嫉妒那个指导姚琼排练的瘦男人，长大以后我知道，那叫编导。编导长得不高，也不英俊，甚至还有点难看，但他的舞跳得比谁都好，他跳男角的舞时刚劲有力，跳女角的舞时却又柔软无比，这是一个神奇的男人，所有的人都被他迷住了，姚琼的眼睛整天亮晶晶地盯着他，他一次次地纠正姚琼的动作，给她做示范，姚琼的衣服常常拂到编导的身上，像一种特别的语言。B镇上的人曾经传说姚琼跟编导谈恋爱，阴暗而无聊的大人编了一首有关他们两人的下流儿歌教给孩子们，儿歌我记不全了，总之是类似于《十八摸》一类的。我一直未能亲眼看到姚琼与编导关系亲密的有力证明，我年幼懵懂，看不出来，他们最终也没有结果，编导没多久就得了癌症，被送到广州（那是他来的地方）医治，然后就死在那里了。

歌舞剧《白毛女》依然演出，在B镇的礼堂里，姚琼披着长长的白发，穿一身雪白飘动的绸衣，袖口和裤腿被剪成凋零花瓣的形状，在转暗的灯光下，白色的姚琼幽灵般地从台侧第二道幕飞奔而出，一道惨白耀目的闪电照彻全场，姚琼在台上猝然站住亮相，像飞奔的瀑布突然凝结成冰柱，惊雷一停，姚琼愤怒地唱道：我是山上的大树——她黑色的眼睛闪出火光，火焰四溅，魔法般使全场人屏息良久。我是山上的大树，姚琼尖厉的歌声像利剑寒冷地掠过剧场的屋顶，寒光闪闪，多年以后还停留在我的耳膜上。这是我在《日午》中描述过的，姚琼白得近乎透明，在快速的追光下轻得像是没有任何分量。

我常常站在幕侧看姚琼，这是我的特权。有一次我跟母亲说起想看姚琼演戏，母亲眉毛一挑说：姚琼礼拜三还来找我看病嘛，她白带过多。我问：什么是白带过多？妈说：这是妇女病，小孩子不要问。

这个情况使我如获至宝，我多次纠缠母亲，使她有一次就把我带到了姚琼的住处。我十分吃惊地看到姚琼住在一间很大的暗房子里，里面有两张床，放着蚊帐，妈说：我女儿很崇拜你，非要来看看。姚琼说：我有什么好的，年龄一大就要改行了，若去的单位不好，一辈子都没什么意思了。她又跟我母亲探讨工厂好还是供销社好的问题，这两个地方是大多数老队员的出路。最后姚琼叹了一口气说：还是工厂好，水泥厂、瓷厂都不错。这使我很失望，姚琼怎么会想到去工厂呢，我对工厂是很头疼的。我既孱弱又敏感，机器和电使我头晕，只要一接近工厂的大门，汹涌的铁腥味和噪音就能使我出冷汗，直到成年，我在参观工厂时还是会出现明显的生理上的不舒服。我暗暗庆幸，命运没有让我到工厂去。姚琼的这个出路使我感到痛心，但如果她不去工厂而是到供销社去，我觉得更糟。供销社在我的心目中是卖咸鱼和盐的地方，光彩照人、身材修长的姚琼站在一堆腥臭的咸鱼中间，我无法忍受这样的想象，她本来又洁白又透明地在灯光中闪烁，高悬在众人的头上，她一旦去供销社，谁都可以把钱给她，然后从她手里接过咸鱼。不知为什么，这个当时并没发生的情景清晰地出现在我的眼前，我被一种强大的预感所抓住，既压抑又心痛，使我不忍正视她姣好的面容。

很多年以后我上了大学，暑假回到B镇，他们告诉我姚琼真的分到了供销社卖咸鱼，他们说如果你想见她很容易，现在就到供销社去，她肯定在那里。并说姚琼嫁给了大春，这是一对让人羡慕的漂漂亮亮的人儿，却生了一个很难看的女儿，而姚琼也已经又老又丑满口粗话了，并且和大春经常吵架。一想到卖咸鱼，我就觉得这是一个对姚琼来说毫无尊严、毫不相称的动作，这跟她嫁给大春有关，大春无权无势又没有特长，只好让她卖咸鱼。我宁愿她嫁给县委大院的那些干部子弟，他们中有的是不错的人，如果我是她母亲，一定要威逼她顺从我的意志，我要像最封建、最嫌贫爱富的家长，冒着让她恨一辈子的危险把她从咸鱼坑里拯救出来，让她在舒适体面的生活中略带感伤地怀念大春，这好得多。如果我是她母亲，我一定要教育她明白过来：粗糙的生活会把一切感情都磨蚀掉的。但是一切都无可挽回了，我不是她的母亲，我只是她的崇拜者，我对被咸鱼吞掉的美丽的姚琼痛心疾首，我宁愿她死掉。在我的小说《日午》中我的确让她死掉了，让她死是我的理想，为了这个理想我虚构了另一个结局，现在让我告诉你，卖咸鱼才是姚琼生活的真相。

当年我跟母亲去看过姚琼之后，我的白日梦被戳破了一个洞，透过这个洞我窥见了隐藏在生活中的灰色气流，姚琼被这股灰气吹得七零八落，褪掉了许多光彩，这使我深深失望，一路无语，令我的母亲大惑不解。但我还是控制不住每天跑去看姚琼排练，只要我一踏进大成殿，远远听见大殿深处的歌声，灰色的气流就会无声逃遁，透明的光会像羽毛一样一片一片地缀满姚琼的全身，她重新光彩照人，还原为我的梦中美人。

从此我获得了一种特权，一有可能我就跟随姚琼的左右。《白毛女》在县礼堂演了一个月，我每天晚上都早早地吃完饭赶到文艺队的集合地，像一个真正的队员那样守时。姚琼分给我一件最轻却最重要的道具：一盏木制灯台，是第一场喜儿唱《北风吹》时端的，我捧着这道具就有了进场的理由，就能在别人羡慕的目光下昂首通过工人纠察队的防线，从黑压压的观众中一直走上舞台一侧的台阶，走进神秘莫测的后台。

这是多么崇高的荣誉！

我有时坐在第一排，有时站在幕侧，站在幕侧的理由是为姚琼抱衣服。她的衣服混合着化妆品的脂粉气和她的体香，对我有一种奇异的吸引力，我闻着这香气，看着在舞台灯光中洁白地闪动着的姚琼，完全忘记了她将去卖咸鱼的前景。我全部的心思都在她美丽的形体上。在上半场，没有姚琼的戏，我就跟她躲在空无一人的化妆间，她需要在这里更衣。换衣服，这是女人们最喜欢做的一件事情，姚琼在我的面前脱下她的外衣，她戴着乳罩裸露在我的面前，我眼睛的余光看到她的乳房形状姣好，结实挺拔，我的内心充满了渴望。这渴望包括两层，一是想抚摸这美妙绝伦的身体，就像面对一朵花，或一颗珍珠，再一就是希望自己也能长成这样。乱七八糟的想法使我更加不敢直视她那仅有乳罩遮挡的身体，在姚琼面前，我要装成一个懂事的好孩子，我若有什么过分的举动，将会吓坏姚琼，我将永远不能再看到她。我的想法互相冲突，但我知道什么才是我真实的想法，要实现这个真正的愿望要有巨大的勇气和不惜毁灭一切的决心，我缺乏这样的力量。许多年以后，我认识了一个年轻的女人，我们互相爱慕，但在最后关头我还是逃跑了，她指责我内心缺乏力量，不敢正视自己的内心。这正是我天生的弱点，我无颜对她。

一个内心没有力量的女孩子站在姚琼裸露的身体面前，她的眼睛逃避诱惑。她总是逃避，逃避是她面对诱惑时的万灵妙药。有一个晚上我去看姚琼彩排，结束之后已经十点了，这对我来说是一个非常晚的钟点，姚琼让我跟她睡一晚，明天一早再回家，闻着她隐隐的体香，我内心充满了极大的欣喜和恐惧，我紧张地答应着，跟她摸黑去上厕所，她牵着我的手，柔软滑嫩的触觉立即传遍了我的全身的神经，我的手心迅速渗出了汗水，湿漉漉的，我难堪极了，极力甩脱自己的手，我用力过猛，摇晃了一下，姚琼连忙揽着我，我的脸一下碰到她的乳房上，柔软而富有弹性的肉体从我的半边脸摩擦而过，我猝不及防，如触电一般，我惊叫一声，然后飞快地逃了。我永远地逃开了这唯一的一夜。

我在《日午》中写到，我曾经在一扇糊着旧报纸的玻璃窗前，从一个烟头烫出来的小孔窥视到一个令我吃惊的场面：姚琼全身赤裸地站在屋子中间做一个舞蹈动作，她单腿直立，另一条随后侧向上及腰，这是白毛女重见天日后决心跟随大春干革命的造型姿势，后来我回忆起角落里坐着另一个男人，我猜想这个男人有一种想看脱衣舞的奇怪愿望。姚琼站在屋子中间，屋顶的天窗把一束正午的阳光从姚琼的头顶强烈地倾泻下来，把她全身照得半透明，她身上的汗毛被阳光做成一道金色的弧线。这是我第一次如此逼近地看到一个女人的裸体，那种美妙绝伦被正午的阳光推到了极致，使我感到了窒息，有一种透不过气的感觉。

现在离我写作《日午》的时间又过去了几年，我怀疑我从来没有看到过姚琼的裸体，那个场面只是存在于我的想象中。不管怎么说，在与女性的关系中，我只是欣赏她们的美，肉体的欲望几乎等于零，也许偶然有，也许被我的羞耻之心挡住了，使我看不到它。我希望得出这样的结论：在一个同性恋者与一个女性崇拜者之间，我是后者而不是前者。

当我要描述另一次与女性身体触碰的感觉时，我的眼前立即出现了大学宿舍倚山而砌的台阶。在Ｗ城寒冷的冬天，那个把洗澡叫作冲凉的女孩总是从山脚的热水房提一桶热水回到阴冷的洗漱间，缩在隔墙供夏天洗澡的地方洗冬天的澡，她执迷不悟，死不改悔，她不知道到澡堂里洗澡有多暖和，在宿舍里洗澡有多冷，而且洗不干净，而且要提水上山，北方的同学对此大惑不解。多米却一如既往地坚持了两个冬天，没有什么力量能改变她的生活习惯，没有什么力量能迫使她投入那个集体赤身裸体的地方，她从小就知道，那是一个可怕之地。在冬天的下午，瘦小的多米拎着一大桶热水摇摇晃晃地走上几十级台阶，白色的水汽在她的面前杂乱无章地升起，挡住了她的脸。

后来有一天，在三月份，学雷锋的日子来到了，全班坐着大卡车去挑塘泥，我至今也没弄清楚挑塘泥是干什么用的，总之我们在棉衣里捂了一身汗，迫切需要洗澡。那天是星期三，洗澡堂不开放，学校破例给义务劳动的同学们免费洗澡，我犹豫到最后一刻，被同屋拉去。我一路紧张着，进了门就开始冒汗，我用眼睛的余光看到别人飞快地脱去衣服，光着身子行走自如，迅速消失在隔墙的那边，我胡乱地脱了外面的衣服，穿着内衣就走到了喷淋间，只见里面白茫茫一片，黑的毛发和白的肉体在浓稠的蒸汽中飘浮，胳膊和大腿呈现着各种多变的姿势，乳房、臀部以及两腿间隐秘的部位正仰对着喷头奔腾而出的水流，激起一连串亢奋的尖叫声。我昏眩着心惊胆战地脱去胸罩和内裤，正在这时，我忽然听见一个声音叫出我的名字，我心中一惊，瞬时觉得所有的眼睛都像子弹一样落到了我第一次当众裸露的身体上，我身上的毛孔敏感而坚韧地忍受着它细小的颤动，耳朵里的声音骤然消失，大脑里一片空白。

　　我感觉到了身上的寒冷，再次听到了那个声音叫我，她说：小林，小林（当时班级里的称呼有点像单位，她们之间的年龄相差十几岁），你到我这里来，这有地方。我听出这个声音是王发出来的，她比我大十岁，刚生了孩子就来上大学。我抱紧双肩，顺着声音朝她望去，我一眼就看到了她松软下垂的腹部和硕大的乳房，她正用手在那上面搓揉，我一下觉得无地自容，我不敢看她，也无法让自己到她那里去。我站在澡堂中间，觉得孤独极了。白色的蒸汽保护着那些跟它亲近的人们，她们在它中间像美人鱼和仙女，如鱼得水，如仙女得云。我虽然近在咫尺，却与我全然无关。

　　我绝望得就哭了出来，这时王从人堆中走出，她牵着我，一直把我牵到喷头的下方，她说：小林，你不要怕。温暖的水流从我的头顶一直流下。在水流中我一再听见一个温暖的声音对我说：小林，你不要怕。这个声音一直进入我的内心，我终于忍不住哭了起来，眼泪如注。

　　有一个女孩，我认识她的时候我二十七岁，她二十一岁，她当时是N城大学的学生，叫南丹。南丹是我所在省份的一个县名，在我的印象中，南丹在非常深的深山里，而且是瑶族县份，这个女孩是上海人，她的父母给她取了这样一个名字，显然是对这个县份一无所知。这使南丹这个名字在N城格外易记，听到这个名字我们首先一愣，然后就记住了。

　　南丹是我生命中第一个关系不寻常的女孩，这是一件很奇怪的事情，正是由于这个比我小几岁的女孩，我才找到了我作为一个女人的自我感觉，这种感觉我从幼年时代起就丧失了，我从来就不会撒娇，不会忸怩作态，不会风情万种，我像一个中性人一样生活，我对所有的男性没有感觉，反过来，他们对我也没感觉，同时，我一点儿也不需要什么爱的感觉。

　　因此我衣着随便，从不修饰自己，我从来想不到要化妆，我用的第一支口红是南丹送给我的，而她本人就像这支口红一样，对我有着划时代的意义。

　　不记得她是怎样突如其来的，不知道她在别的场所见没见过我，我反正是没听说过她。第一次相遇的时候她已把我的诗背得滚瓜烂熟，比我自己还要熟悉它们，她在抬高我的诗的同时把我在N城的诗坛敌手贬损得体无完肤，这极大地满足了我的虚荣心，我当时就把她视为了知己，称她为我唯一的朋友。后来我想到，这无疑是她的手段，这并不是说我的诗没有她说的那么好，在我看来，我的诗永远是好的，问题是南丹是一个极端狂妄、目中无人的女孩，她把那一年走红的女作家逐一批判，把她们说得一无是处，并且大言不惭地声称，如果她搞文学，就一定要拿诺贝尔文学奖。她有许多宏伟的计划，她相信她能当一个优秀的电影导演、优秀的电视节目主持人、优秀的剧作家等等。她的狂妄也许不无本钱，她的确是N城大学里最出类拔萃的女孩，在亚热带校园遍地橄榄色的塌鼻子女生中，一个修长白皙的上海女孩是多么的独一无二，何况南丹各科成绩最次也是全班第三，一次全校英语竞赛还得了第二名，用南丹的话说，就是杀遍天下无敌手。

她还错误地认为自己很漂亮，其实她除了白一点儿，五官均不可取，她脸部的线条太硬，全然没有一般女孩的柔和，这使她显得比实际年龄大得多，甚至显得比我还大，她常常喜欢让人猜她的年龄，而所有的猜测结果都在二十五到三十之间，这是南丹唯一的挫折。

就是这样一个女孩，一见面就对我极感兴趣，这在很长的时间里使我感到不可思议。后来在我的生活中类似的情况再次出现了，这使我觉悟到，在我身上肯定有一种使这类女孩一见倾心的素质。后来的那个女孩我将不在本书中涉及，她是我需要小心保护的一个秘密，在这个长篇里，我不能穷尽我的所有秘密。

只说南丹。

当时我在Ｎ城的图书馆里搞分类，每天八小时上班。那是一条像工厂那样的流水线，打号、查重、分类、编目、刻目录蜡版、印目录、插卡，每道工序有一到两个人，这当中的任何一个人偷懒，后果马上就会显示出来，而且他的下手就会等活干。被封锁在这样的流水线上是很可怕的。我当时的最大愿望、最奢侈的幻想就是到环卫局去当清洁工，准确地说，是当一名开洒水车的司机，没有比这更理想的职业了，白天不用上班，晚上十一点的时候就到街上洒水，从东头洒到西头，从北头洒到南头，清凉的水丝在阒无一人的路面上掠过，这个场景使我情不自禁地微笑。这真是太符合我的天性了，我第一怕人，第二怕光，第三睡眠时间比常人多出一倍。

就是在这个幻想开洒水车的阶段，南丹出现了。

有一个节日，不记得是“五四”还是“十一”，图书馆举办了一系列活动，其中有一项是诗歌朗诵会，南丹说她以为我一定去，所以她就大老远从西郊赶来，事实上，越是人多的地方我就越要逃避，这是我的习性之一，在幼儿园的时候就是这样，只要人多，即使是游戏也要逃开，游戏的欢愉也无法摆脱我对他人的不适。

我躲在房间里，永远垂下的窗帘使室内光线暗淡宜人，宿舍离图书馆有二三百米，所有的人都去前面游园了，宿舍区一片寂静，我脱掉外衣，半裸着身子在房间里走来走去（写到这里，我还是无法断定是五月还是十月，在N城，能半裸着身子在室内走动的月份是四月至十一月），这是我打算进入写作状态时的惯用伎俩，我的身体太敏感，极薄的一层衣服都会使我感到重量和障碍，我的身体必须暴露在空气中，每一个毛孔都是一只眼睛，一只耳朵，它们裸露在空气中，倾听来自记忆的深处、沉睡的梦中那被层层的岁月所阻隔的细微的声音。既要裸露，同时又不能有风，这样我就能进入最佳状态。

我的裸身运动常常在晚上或周日或节日里进行，在这样的时间中不用上班，也没有人干扰。N城没有我的亲戚，我又从不交朋友，所有撞上来与我交朋友的人都因为我的沉默寡言而纷纷落荒而逃。我喜欢独处，任何朋友都会使我感到障碍。我想，裸身运动与独处的爱好之间一定有某种联系。"五四"或"十一"的那一天，单位没有放假，但我把它当成了放假的日子，只要离开人群，离开他人，我就有一种放假的感觉，这种感觉使我感到安静和轻松。

走了几个来回之后我开始坐下写诗，这时我听到了一阵十分果断的脚步声，它们停在我的门外，敲门声像雨点打在芭蕉叶上那样在我的门上响了起来。我正半裸着身体进入了写作状态，敲门声使我有一种被人捉奸的感觉，我写诗从来就是偷偷摸摸的，在单位跟任何人只字不提，我最怕单位的熟人看到我发表的作品，我暗自希望所有的熟人都不看我的诗。与肉体上的裸露欲望相反，我在心理上有着强烈的隐蔽欲。

听到敲门声我的第一个反应就是一动不动，我不咳嗽不喝水，放慢呼吸，不眨眼睛。不管是谁，坚决不开门。

雨打芭蕉的声音持续不断，这是一种我从未听过的声音，节奏坚定持续，富有耐心。忽然这个声音变成了一个陌生女孩的声音，她熟练地喊我的名字，她说：多米，你开门吧。

这个女孩就是南丹。

这是我的一个极为封闭的时刻，南丹一无所知地闯进来了。她说刚才在诗歌朗诵会上读了我的诗，我正感到不好意思，她就眉飞色舞地夸起我来了，她毫不含蓄，用词夸张，态度却又极其诚恳，她口才极好，滔滔不绝，她说话的口气就像她是一名 N 城诗歌界的权威发言人。

她说话的声音低沉，富有感染力，不同寻常，似乎任何不是事实的虚构，只要一经她的口说出，立即就变成了斩钉截铁的事实。

我就是这样被她的声音所暗示、所催眠、所蛊惑、所引诱的。

南丹，你这个女巫，你是多么幸运，你找到了我这样一个意志薄弱、离群索居、极易接受暗示的女人，你所有的咒语在我身上都一一应验了，你的语言就像一个无形的魔鬼引导我前行，就像一万枚带毒的刺鸣鸣地飞向我，使我全身麻木，只剩下听觉。

南丹说：你是一个天才。

她的话立即在我幽暗的房间里辟出了一条奇异的通道，我不由自主地往前走，逆着岁月的气流我到达了我的少年时光，在那里我看到了少年时的自己，那时我无师自通，过目成诵，数学得过全县第一，化学得过年级第一，那辉煌的岁月如同花瓣在遥远的B镇闪耀，我看到它们被十九岁的一击所掩埋，现在南丹的话就像一阵神奇的风，使它们纷纷飘起，随风而舞，才华如水，重又注入我的心中。南丹又如一名催眠师，在我半睡眠状态中发出一个指令，进入我的潜意识，我一觉醒来，焕然一新。

南丹又说：多米，你知道吗？你很漂亮。

这话从她口中说出让我觉得简直是岂有此理，这话应该由我的男朋友（可惜从未有过）说的，由她这样一个比我小六七岁的女孩嘴里说出来，真是有点恬不知耻。她第一次这样说的时候，我生硬地顶撞了她，我说：我不漂亮。她毫不生气，她具体而细微地说：多米你的眼睛真是非常的美，双眼皮，水汪汪的，还有你的嘴唇，很性感，你不要不好意思，这是真的，我最善于以男性目光欣赏女性了，你看你的皮肤，褐色，富有光泽，美极了，中国人不太能欣赏你的美，你要是出国，肯定走红。

南丹在不同的场合以不同的方式说着以上的话，她的眼睛入神地凝视着我，就像在欣赏一个美人。也许她的凝视和语言的昭示确实起了很大的作用，将我潜伏的美质呼唤诱发了出来。我想，美其实是一种光彩，它只出现在那些自信自己美的人的身上，我的眼睛与嘴唇虽然确如南丹所说的那样长得不错，但它们完全淹没在我长久的离群索居而形成的对自己容貌的麻木之中了，一个不愿意也不需要与人打交道的人有什么必要注意自己的容貌呢？容貌是给他人看的，与自己厮守的只有心。现在一个奇怪的女孩来了，她一眼就看到了你的潜质，她把它们从混沌的黑暗中一一找了回来，在那个阶段，在南丹深情的凝视下，我的确变得柔和而富有光彩了。

据说在国外曾经有过这样一个心理实验，研究者在一所大学的一个班级里选了一个全班最丑陋的女孩，他们让全班的男生夸奖她莫须有的美貌，让最优秀的男生追求她，让女生们嫉妒她。这样过了一年，一年之后研究者再次来到了这个班级，他们认不出这个曾经是全班最丑的女孩，她奇迹般地变美了。这就是心理暗示的巨大威力。

所以我认为是南丹使我找到了一个女人的自我感觉，真是一点儿都不过分，她让我化妆，她说你的五官这么好，稍微化点淡妆强调一下，效果一定很好。从此我就养成了出门化妆的习惯。南丹在认识我不久就缠着要我的照片，我说同在一个城市里实在没有这个必要，她固执地要，说她每天都要看，她说她要三张，一张放在床头，一张放在教室，一张随身带着，我当时并不感到异样。我想她这么喜欢我真是罕见，我把三张折中成一张，她便挑了我的一张最大的黑白照片走了。后来我听N大的人说，南丹把林多米的照片挂在了她自己的床头上。

她便常常来。她总是来。

在熟悉的雨打芭蕉的敲门声后面，是南丹目光迷离的面容。她总是没隔两天又来了，她总是在告别的时候说她将隔一个月再来，但她总是在第三天的晚上又赶来了，她一进门就说她控制不了她自己，她一想到还要再过那么久才能见到我她就受不了，与其忍受自己的诺言不如立即打破，她常常是饭都顾不上吃就跑来了，然后用我的煤油炉下点儿面条吃。

在这样的晚上，她总是给我带来一些新鲜的东西，比如她认为好看的书，玛·杜拉的《情人》那时刚刚在《外国文艺》上发表，就是她带来给我看的。她还喜欢带来一些音乐磁带，英文歌和邓丽君的歌，我们在安静的夜晚里一遍遍地听着这些曲子。她不厌其烦地把英文歌的歌词抄在纸上，一次次地催我唱，后来我真的唱了，我的嗓音和乐感使她大吃一惊，她说：你总是深藏着我意想不到的东西，你比我想象的还要棒！

自从成年以来，我就没有在外人面前唱过歌，以至于我自己都搞不清楚我到底会不会唱歌了，在一次次集体活动的卡拉OK中，我总是不敢唱歌，我紧张万分，想象自己一开口就失去了音准，一唱就乱了节奏，我一次次地暗示自己不会唱歌，最后我真的什么歌也不会唱了。事实上，在我成年之前，小学我就是少年之家歌舞团成员，中学时代一直是校文艺宣传队队员，在有些学期里，每周一、三、五练声，二、四、六练舞蹈基本功，这是我们在每天的早操和早读时间里的固定内容。我热爱练功，每个动作一丝不苟，而且我不怕苦不怕累，富有毅力和献身精神，每一个难做的动作我都比别人坚持得久，肌肉的酸痛使我获得一种隐秘的满足。在那个时期我最大的愿望就是被招到某个专业的文艺团体当学员，我至今弄不明白我这样一个生性怕人的人怎么总是一再地想要当演员。在那个时期，每隔一两年，就有来自N城的人到学校招生，他们走进正在上课的班级，陪同的班主任说：全体起立。他们的眼睛在每个人的脸上停留几秒钟，他们一言不发，只是微笑，末了他们冲班主任点点头，班主任对我们说：请坐下。然后他们在门口一闪就消失了。下课之后就会有一到两个同学被通知到教师办公室去，被通知的孩子忐忑不安，不知道发生了什么事情，他们一进办公室就看到了微笑着的来自N城的人，班主任说这是歌舞团来招学员的。他们让孩子唱一首歌，做一个动作，他们拿软尺量孩子的胳膊和腿，量体重身高，最后他们总是不满意，他们总是空手而归。

我是多么想让他们相中，他们在门口一出现我就紧紧地盯着他们的眼睛，我想他们一定会看到我的，一定会的，我想我的眼睛十分明亮，他们该首先看到的。我看到有人朝我微笑了一下，我心里马上狂跳起来，这节课我什么也没听见，我严肃地沉浸在我的幻想中，等待那个我一再呼唤的命运的到来。我果然被通知到办公室去了，但我的身高像一盆冷水浇在了我的头上。

这是我生命中的一次挫折，我身高的挫折自此开始，绵延至今。由于个子矮小，我想在学校文艺队演主角的愿望也总是实现不了，在那个时候，我总是盼望着能演主角。每个学期都要新排一套节目，剧本一发下来，我就在舞蹈中寻找领舞，在独幕剧中寻找女一号，在样板戏片断中寻找那些光彩夺目的名字。那是一个狂妄而自信的时期，我总是在未来的节目中主角的位置上看到自己的身影，在分派角色的决定性的会议上，我伸长了耳朵全身紧张着，每当主管老师念出一个主角的名字时，我就想，下一个节目的主角就该是我了，一个希望破灭后，又等待下一个，总是等到所有的希望都破灭之后我才失望地松弛下来。回顾我的演员生涯，绝大部分的舞台时光我都是作为群舞演员或别的群众演员度过的，只有在小学五年级的时候，作为B角演过舞剧《白毛女》中的第一场和第三场，我穿着别人的芭蕾舞鞋，足尖立不起来，稀里哗啦演过一场就毕业了。后来到了高二年级，样板戏普及到了班级，我才在本班排演的移植样板戏彩调剧《红色娘子军》中演上了吴清华。而我最为向往的芭蕾舞剧中的吴清华身着红色绸衣在黑沉沉的椰林里奋力一跃的身影成了我永难企及的一个梦想。

到了我与南丹相遇的年头，这一切都荡然无存了，在我的身上已经没有了舞台生涯的痕迹，我迅速地走向了自我封闭，偶尔有一两个明眼人判断我曾经上过舞台并想向我证实时，我总是说：不，你们看错了。

南丹总是使我返回我的原来面目，这是她对我的意义。她辟开一条路，使我走回过去，重新沐浴。在那样的夜晚，她有时动员我到酒吧喝咖啡，教我抽烟，她说抽烟可以不吸到肺里去，只要一个姿势和一种感觉，这个比我小六七岁的女孩，我不知道她怎么竟拥有一种千锤百炼又十分优雅的姿势，我正是出于对这种姿势的欣赏才学抽烟的。她又要与我一起进舞厅跳舞，她说她喜欢跟女的跳舞，男的身体太硬，同时还要受他指挥，极不舒服。女人的身体柔软富有弹性，只要一触就能产生感觉，所以她从来都只与女人跳舞。她说前不久她同她们N城大学的一位校花跳了一次舞，校花太笨，一点感觉都没有，太让她失望了。

南丹低着头低声说：多米我真想跟你跳一次舞，你的身体非常有灵性，轻盈柔软，跳起来一定非常非常好。我说我不想跳舞，我也不会。南丹说：我教你。我说我不学。南丹说：我求求你了，就一次。我说我坚决不跳，我比你们的校花还要僵硬，你会失望的。

这样反复了两三次，之后南丹就不再坚持了。她说：你不愿意的事我不会强求的，我肯定是迁就你的。什么事情我都会让你。她沉吟了一会儿说：若是遇到我们之间竞争，有一个很好的机会，但只能要一人，如果出现这种情况我不知道会怎样，我还是要让你。

南丹总是自然而然就把我们之间的关系颠倒了，她总是要让我，教我抽烟，领我去跳舞，就像不是我比她大六七岁而是她比我大六七岁，就像她是我的男朋友和保护人。我不停地受到这大量暗示的侵入，有时在恍惚之间觉得她正是我的保护人和男朋友。

她却又要穿我的衣服，她对我的衣服表现出热烈的感情，几乎我的每件衣服她都想要，最后我给了她一件我嫌式样过时而不再想穿的外套。这件衣服现在我想起来要多难看就有多难看，首先是颜色，我不知道自己发了什么昏挑了这种枣红色，哪怕是深一点儿也好，恰恰是大红枣的那种红，光颜色就傻得要命，却又赶了一种时髦的击剑服的样子，在斜斜的口袋和斜斜的领子边上各镶上了米黄色的边。这衣服在我买回后壮着胆穿过两三次之后就再也没有勇气穿了。我恶作剧地送给了南丹，她如获至宝，像一个色盲和一个对服装毫无鉴赏力的女孩穿着这件难看的衣服上大街。要知道，南丹是一个真正的上海女孩，她的祖父当年在上海就是开时装店的，而上海这一个字眼，在我们的眼里就是时髦。

南丹这个上海女孩心满意足地穿着这件触目惊心的衣服在N城的大街上游逛，这使我十分的匪夷所思。

这个时候，南丹便开始对我进行爱情启蒙了，她从N城的另一端给我写来了一封长信，信中说同性之间有一种超出友谊的东西，这就是爱，而爱和友谊是不同的，敏感的人一下就感觉到了。她又说柏拉图、柴可夫斯基都是同性恋者，罗斯福夫人在宫中还秘藏女友呢。她说同性之爱是神圣的。最后她说她爱我。

南丹的信还没寄到我的手里的时候她本人就赶来了，她走得有些气喘，脸上化着妆，显得比往常漂亮，她仍穿着我的那件难看的衣服。进了门她艰难地说，她实在不该来，因为这正是期考的日子，第二天上午就有要考的科目，她说她实在控制不住自己了，这几天她根本复习不下去，她总是在想我，如果今天晚上不来，她就过不去了。

但我十分冷静，一点儿都没有呼应她的热情，当时我满脑子想的是出名。我为自己得不到 N 城文学界承认而苦恼。南丹深知这一点，南丹说，N 城算什么，我一定要让你在全国出名，她说她能做到这点，首先她是一个年轻貌美够档次的女孩，她可以为了我去跟最著名最权威的文学评论家睡觉，让他们评论我的作品。按照南丹的观点，只要是真正的男人，没有不喜欢漂亮女孩子的，只要是男人，天生就愿意为女孩子效力，这是其一。其二，她发誓，一毕业（马上就毕业了）她就报考中国社会科学院文学所的当代文学研究生，她说她一定能考上，她从来没有做不到的事情，她说她一定要成为某某某那样档次的知名评论家。几个月后南丹真的去考社科院的研究生了，那时我们的关系由于我的缘故已经淡化了下来，我猜想南丹一定充满了失落感，但她为了履行她的诺言，她还专程到北京找了她的导师打听消息，回来之后她告诉我，导师说按照她的考分，录取是没有问题的。我想这是她对我的最后一次邀请，我的逃跑态度使她伤透了心，最后她没有去读研究生，大概跟我的逃跑有很大关系。

当时我冷静地说：你明天就要考试了，不复习怎么行？南丹说她什么都不管了，何况不复习也能考好分数。她问我收没收到她的信。我说没有。她有些意外，她说那是一封很重要的信，她这辈子第一次写这么长的信。我迟钝而好奇地问她到底写了什么，她只是说：看了信你就知道了。

她问我正在干什么，我说正在写作，旁边有人我写不出来，她马上说她到外面转两个小时再回来。后来她回来的时候就比较晚了，错过了公共汽车，她说只好住在我这里。

　　在这之前南丹曾多次说过要在我宿舍过夜，我每次都不容商量地拒绝了，我说过我从小就不能跟别人睡在一张床上，小时候家里来了客人，让我跟母亲睡我就会彻夜不眠，长大之后就更受不了睡觉的时候身边有人。

　　南丹说她将睡在地上，让我睡在床上，话说到这个地步，我只好把她留下来了。

　　我找出一张隔年没扔的旧席子，搬了一沓杂志给她当枕头（我从来不预备第二个枕头），又翻出一条床单给她当被子盖。我正准备熄灯睡觉，南丹忽然说：多米，我们一起在床上躺一会儿好吗？我犹豫时她又说：就一会儿。

　　她上床。我在床的里面，她在外面，她紧贴着床的边沿，甚至一小部分身体在床沿的外面，她的意思是尽量使我有较宽的地方，同时她把靠里的一条胳膊伸到自己的脑后枕着，这样我在床上睡得几乎跟平日一样宽，我碰不着她（我最怕睡觉时碰到别人的身体），我跟她的身体之间有一小段难以置信的空间，这是别人办不到的，是南丹费心挤出来的，这种只有女性才有的体贴使我怀念至今。

这使我感到舒服和安全，南丹说：怎么样，还可以吧？我心情松弛地感到了扑面而来的睡意，竟很快就睡着了。

我睡得跟平时一样，毫无异常，我已经忘记了身边还有一个人。我睡到天亮的时候醒来，一睁眼就看到南丹正侧着身在看我，她说：你醒了？我看你睡得很好，我一直在看你，你睡着的样子真好看。我问她睡好了没有，她说她只眯了一小会儿。

这是一个巨大的突破，她是自我母亲之后第一个与我同睡一床的人，我说这事真奇怪，跟别人睡我都睡不着，怎么跟你就睡着了呢？

南丹很高兴，她说以后我们会相处得很好的。她匆匆忙忙赶回学校考试去了，说下午她要复习明天考的科目，晚上再来。

谁知刚到中午南丹又来了，她说在学校她心神不宁，干脆把书带到我这里看。下午我们过得很安宁，馆里政治学习，我溜回来抄稿，她坐在我的床上看书。

晚上睡觉的时候，因为有了前一夜的经验，我十分松弛，我用旧衣服给她做了一个枕头，仍然让她睡在外面，她仍然把靠里的胳膊伸到自己脑后枕着，以便给我留出更多的地方。她显得比昨夜兴奋，眼睛亮晶晶的，我说你明天还要考试，还是早点儿睡。她便不作声。她睡觉很安静，一动不动，我已经完全适应她了。

我睡着后不久就开始做梦，梦见我和南丹之间隔着一个丑女孩，这女孩长着一张成人的脸，很模糊，我竭力想看清她的脸，但怎么也看不清。她的身体十分短，只有我的一半那么长，这丑女孩凑近我的脸，她先是在我的脸上各处闻闻，然后她开始亲我，亲我的脸和嘴唇，我在梦中感觉到她的嘴唇有些发烫。她动作很轻，我想她很快就会走开的，不料这丑女孩竟把手伸到了我的衣服里，她的手触碰到我的乳房的那一瞬间我在梦里吓得惊叫了起来，我的惊叫把梦赶走了。

不知过了多久，这梦又回来了，我倦意十足，不耐烦地朝这梦中的女孩打了一巴掌。这样重重复复到了天亮，我睁开眼睛，看到南丹仍像昨天清晨那样侧着身子看我。我盯着她看了一会儿，她神态自然，没有任何异常的痕迹，我就问她昨晚睡得怎么样，她说睡得很好，只是早早就醒来了，她说等我醒来她就起床回学校考试。

我说我睡得可不好，我向她仔细讲了那个梦。南丹很严肃地说：多米，你太紧张了，太不信任我了，你一定要相信，我是一个很理智的人，我绝不会干你不愿意干的事，你放心好了。她又分析我的梦，她说那个梦中的丑女孩实际上是我的潜意识，实际上，我是害怕我自己。

她这句话像一道闪电击中了我，使我感到一阵惊悸，一股寒冷的气流从遥远的深处注入我的头顶，并立即流遍我的全身，我的头发丝和指甲盖全都变成了惊弓之鸟。

南丹回学校考试了。我下意识地去把门里的插销插牢，然后我无力地瘫倒在床上。

南丹的话使我想起了消失已久的一件往事，非常多的岁月过去了，把这件事掩埋得毫无痕迹，我已经彻底把它忘记了，南丹的到来使我产生了某种隐约的不安，一开始我就感到她是一个对我有着特殊意义的人，我觉得她的每一个行动每一句话都隐藏着一个玄机，这些玄机像一些锋利的刀子一下一下地划开我以往岁月的重重黑暗，它将带给我那个隐藏在最深处的东西吗？

那个东西越来越近地向我走来，它突破了我的潜意识，到达了我的梦中，而南丹的话像一道闪电，瞬间把一切都照亮了。

那件事发生在二十多年前，在我五六岁的时候，在一些自慰的夜晚，我忽然想到要跟邻居的女孩干一件事，我不知道为什么，会有这个想法。女孩叫莉莉，她的母亲对她管教很严，她家是B镇唯一的一家北京人，她平时总是穿着一双包头的男式小凉鞋，我想她母亲准是为买不着女儿的凉鞋而大伤脑筋。莉莉比我大一岁，我却要引诱她干坏事。当时防疫站修房子，她家暂时搬到妇幼站。在漫长的白日里，我说：莉莉，你见过大人生孩子吗？她说没有，她说大人不让小孩看。我说我们不管大人，我们自己生孩子。莉莉很好奇地跟到我家，我让她脱鞋上床，然后我从抽屉里翻出一些消毒棉球和棉签，我把蚊帐放下，我说我们自己来生孩子，我先帮你生，然后你再帮我生。

我让她把裤子脱掉，两腿叉开，我看了看，又无师自通地把枕头搬到她的腰下面垫高，然后我说：好了，现在你闭上眼睛吧。我用棉球在她粉红娇嫩的地方很轻地动作着，按照我的理解和创造，我将所能想到的办法尽可能使这个过程复杂化。最后我说：好了，现在轮到你给我做了。我愉快地躺到她刚才躺的位置，闭上了眼睛，莉莉好半天没有动静，她不知道该怎么办，我着急地催她，说：刚才我怎么给你做的你就依样给我做就是了。她拿起棉球，在我的那个部位潦草地蹭了几下就算了，我不满意，让她重来，重来她还是那样。在这之后，我们又进行了两三次。我们给这件事取了一个代号，叫"保和平"，现在想来，这个代号实在不伦不类莫名其妙。与莉莉不同的是，她只是对这件事情的神秘性感兴趣，而我则是对这事的过程、对这过程所产生的快感感兴趣。但我总是失望，莉莉好像什么都不知道，她根本搞不清楚哪里是最敏感的部位。这注定了这件事情不能持久下去，果然，两三次之后她就厌倦了。不久，防疫站的房子修好了，莉莉搬了回去。过了一两年，我长大了一些，知道这是一件不能告诉别人的事情，我让自己忘掉它，于是就真的忘掉了。

回忆起这件事使我万分恐慌，我十分害怕我是天生的同性恋者，这是我的一个心理痼疾，它像一道浓重的黑幕，将我与正常的人群永远分开。我顽固地抵抗这个想法，我冥思苦想，终于想起了有一权威性的著作，曾提到大人该怎样看待男女儿童之间的性游戏，权威认为，大人对此可以置之一笑，因为即使男孩女孩生殖器互相接触，由于孩子的生理未成熟，性交并不能真正实现，因此这只是一种游戏，大人完全不必惊慌失措。以此类推，我与莉莉的勾当也只是游戏，我不必把那么沉重的字眼往自己头上放。

这个想法使我放下了心。

我刚放下了心，南丹就考完了试赶来了，她说明天还有最后一门，是考查课，只打合格与不合格两种分数，这就更不用复习了。她怂恿我跟她一块儿逛大街。于是我们各自化了妆，换上了好看的衣服互相欣赏了一番就上了大街，路上她又夸我说：多米，你化了妆真是美极了，真像东南亚美女。她的目光和语调把我搞得很不好意思。我们逛了时装店，并到一家像样的餐馆吃了一顿，之后又到一家酒吧喝酒抽烟，搞到十一点多才回。

十分累，胡乱洗了就上床睡觉。我睡得很沉。但到半夜的时候，那个使我害怕的梦又出现了，还是一个面目丑陋的小个子女孩，躺在我和南丹中间，她抬起头来看我，她摸摸我的头发，又摸摸我的脸，然后把手从我衣服的领口里伸进去，这时我忽然发现这丑陋女孩的脸顷刻间变成了南丹的脸，我吓得尖叫了一声。

我挣扎着醒来，看到身边的南丹很安静地呼吸着，一副恬静入睡的样子，我想这可能只是一个梦，并不是真的。

我辗转反侧到了天亮，我警惕而紧张地注视着南丹的一举一动，她似乎一无所知，十分坦然。她说她回学校考完最后一门课程，完了就到我这里来，并说有两盒新磁带很好，她一定记得带来。

她走了之后我去上班。九点半邮件来了，有一封南丹的信，信是几天前写的，不知为什么才到。我打开信，看到满篇都是对同性之爱的热烈赞美，她的文字像一些异样的火苗在我面前舞蹈成古怪的图案，又像一双隐形的眼睛直抵我的内心，发出一种锐利的光芒。这封信我没有再看第二遍，我把它放在我衣服口袋里，有一种心怀鬼胎的感觉。工间休息的时候我偷偷溜回宿舍，我只有一个念头，就是赶快把这封信毁掉，那些语言就像一些来路不明的恶魔，与我内心的天敌所对应，我唯一的想法就是杀死它们。

我与南丹的关系在这个瞬间就结束了。在这个时候，在此刻，当我写下这句话，我就看到了灰色片状的灰烬像蝴蝶一样在我眼前飞舞，它们是那封信的残骸（它们曾经饱含了那个年轻女孩的生命液汁和深厚的爱意），它们灰色易碎的脸颊触碰到我，我感到了那细小粉状的质感，与此同时，我听见一声心脏破裂的声音从往昔的门缝中传来，使我凝神良久……

南丹后来奇怪地消失了，她大学毕业后没去念研究生，不知是没考取还是考取了不上。她分在了N城一个很不错的单位，但她只上了几天班就不去了。我想起她说过，她是一定要出国的，她说只有在国外才能找到她需要的生活。她说她出去后最放心不下的就是我，她说：我出国后你千万不要发胖，我站稳脚跟就会来接你的，你要是胖了，我会很失望的。

　　我想，南丹肯定是去美国了。

第二章　东风吹

女孩多米犹如一只青涩坚硬的番石榴，结缀在B镇岁月的枝头上，穿过我的记忆闪闪发光。我透过蚊帐的细小网眼，看到她微黑的皮肤闪亮如月光，细腻如流水。

　　十九岁半的日子像顺流而下的大河上漂浮的鲜艳花瓣，承受着青春的雨点呼啸而过，闪电般明亮而短暂，那个无处可寻、永远消逝的十九岁半，雷声隆隆，遥远而隐秘，每个夜晚开放在我的蚊帐顶上，我的蚊帐就是水面，十九岁半的往事如同新买的皱纸花，一次次被一只无声的手置放在清澈的水中，它们吸收水分，缓缓张开，一层又一层，直至花朵的最中心。它们的颜色和筋络，那些十九岁半的细节，一一显形、聚拢，我手中的硬皮本有时被我弄得像秋风一样飒飒响，王在下铺说：小林，你还不上厕所，要黑灯了。

王的声音使我想起一种并不柔软的丝绸，这种丝绸细致、光滑、十分漂亮，但是并不柔软，我不知道有没有这种丝绸，也许是为了形容王的声音我臆造出来的。

王已经三十岁，但仍然非常美丽，很有风采，她出生在杭州，父母都是高级干部，她二十岁的时候去了北大荒，四十岁的时候去了美国，我保存着一张她从美国的Denton寄来的照片，照片上的王穿着一件黑毛衣，脖子上系着一条玫瑰红的长丝巾，风衣搭在胳膊上，长发剪成了短发，风采依旧，更见年轻。她的照片是通过她在国内的妹妹转寄给我的，她妹妹附了一封短信，上面写着王的美国地址，她说王让我先给她写信，我立刻照着地址寄了一封信去，但两年过去，王却杳无音讯。

此刻我十分想念她，我大学时代的主要记忆就是王，在整整四年的日子里，在王的上铺，我日复一日地沉浸在多米的故事中，对身边的事情缺乏知觉。现在十年过去，回首遥望，大学时代黑暗而模糊，就像大雨来临之前的天空，看不见真正的蓝天和太阳，有时候阳光从浓黑茂密的乌云的边缘射出，如同一道金光闪闪的镶边，这就是王。

王的面容凸显在大学女同学的前面，男同学的面容更为模糊和暗淡，他们是中景，在他们之后，是明亮的樱花大道、法国梧桐蔽天的大上坡、绿色和紫色琉璃瓦闪闪发光的屋顶、大落地玻璃窗的西式建筑和置身其中的湖光山色。

我一直睡在王的上铺，一年级的时候十二个人住一间屋子，在楼层和山顶的最高处，一只圆形的窗口日夜吹送着室外的气息，用红旗代替的窗帘猎猎作响，给这个房间带来了不安定的气氛。

我的床铺正在这只圆形窗口的左侧，几乎伸手可及。落日时分太阳从这个圆形窗口长驱直入，进到我的床上，我的床如同舞台上的布景，被这束光线照得一览无余，在任何一个位置都能清楚地看到下垂的蚊帐里悬挂的东西，被子、枕头的形状和颜色，以及靠墙放着的一溜杂乱的书籍。细小的浮尘在这束硕大的圆形光线中缓缓旋转。

这往往是晚饭时分，我不在蚊帐里头。

我端着我吃饭用的大搪瓷碗在食堂通往宿舍的漫长的道路上边吃边走，然后我把碗放回宿舍，到平台或者草坪或者林荫道上，以背英语单词为借口散步，或以散步为借口背英语单词。

在某些夜晚，月亮会像太阳一样从这个圆窗进到我的床上，月色冷而狰狞，只在我的床上停留，在黑暗的室内把我的床单照亮。在这样的夜晚我感到恐惧。

在我童年时期，有一个地方也是有着这样一个圆形窗口，那是农业局的一间大屋子，住着从遥远的省城下放的父女俩，后来父亲一九六七年被吊打死了，小姑娘不知去向，她的外地口音在我们的游戏中时隐时现。

我不知道为什么我总是被放在这种反常的窗口跟前，圆形窗口，肯定是不正常的。

二年级是四个人一间房间，我还是在王的上铺，我被一只亲切的手放在王的上铺，她像我的母亲和大姐，在我们班上，王出类拔萃，美丽、热情、聪慧，但她总是竞争不过另一个女人L。L比王还大两岁，三十二岁才上大学，L锐利无比，即使是体育课百米测验、游泳、铅球，也必须是第一。

王跑不过她，王连我也跑不过，她生完孩子刚刚满月就来上学了。看到同样是年过三十的L身轻如燕跑了一圈又一圈，我感到心情压抑。

L比王善于跟老师打交道，每次课间休息总要跟老师交谈，每次提问总要第一个举手，每次小组讨论总是最后一个发言（以便高屋建瓴），每次考试总是要比王得分高，入党比王早，学分制一来，比王早毕业，毕了业比王先去了美国。在同学中，王跟L到底谁更完美一直有两种根本不同的观点。

最后的两年又调了一次房间，八个人一间，我仍在王的上铺，中午时分和晚上，我再也不到图书馆或者教室去自习，我日益躲在蚊帐里，透过蚊帐的网点看这个房间，王的忧郁和失意在她的下铺堆积，她有时靠在床上看书，有时给她的女友写信，有时独自想念她的儿子，我从未真正靠近过她，我沉浸在我的故事里，漠然地看着她们在我的蚊帐之外来来去去。

这是令人痛心的岁月。

王是大学毕业后唯一给我写信的人，她在信中写道：亲爱的林。她的声音像丝绸一样掠过我黯淡的外省日子，带着往昔珍贵的情谊，来到我的窗前。

有一年，王特意争取到一个到我所在的N城开会的机会，当时她在上海的一家高校教书，我在N城的图书馆当分类员，她事先把这个消息写信告诉了我，这真是一个来之不易的机会，上海是多么的辉煌，N城又是多么的偏远，高校是多么的清贫，出一趟差是多么的难。

结果我回家了，回B镇。王没有在N城看到我，她十分十分失望，回去之后给我写了一封十二分失望的信。我不能把我避开她的原因告诉她，但是除了这个原因其他任何别的理由都无法成立。

那是一个隐秘的事件，多年来我一直隐藏在心，当时我发现自己怀孕了，这是一个异常严重的事情，我惊慌失措，神经紧张，我日日夜夜都想着这件事，最后我决定必须由自己来把它处理掉。

我匆忙请假回B镇，在驶离N城的火车上，我想到了王，我想到在那一刻，王正坐上了另一列火车，从那个我从未去过的大都市向着 N 城奔驶而来，她美丽亲切的脸庞随着列车轰隆隆的节奏在我的眼前晃动，我的不可告人、自私、封闭等被我自己真切地感觉到了，这使我产生了一种揪心的疼痛。

火车就这样离 N 城越来越远。

王把我看成是没有长大的孩子，她说她也没有长大，她三十多岁了还说她没有长大，我一直匪夷所思。这使她原谅我的一切缺点，在她出国之前的日子里她一直给我写信。有一段时间，她从别人那里知道我心情不好（我很奇怪地从不向她倾诉），她给我写了一封长信，让我到上海找她，她陪我玩，然后再陪我到杭州散散心，她正好要回杭跟母亲告别，她马上就要去美国了。

我没有去。

就这样我跟王已经十年没有见面了。

我现在已经能面对过去，十年的时光使我渐渐增长了勇气，我开始需要把自己的一切一一梳理，这是一件有意思的事情，我将永不会厌倦回忆。我想王总有一天会从美国回来，她说过她要回来，我们将重温往日。

随着时光的流逝我在长大，我认识到有一样东西很重要，这就是缘分。从前我觉得这是一个俗气的字眼，只有小地方的女人才会对此津津乐道，有一年元旦我收到一位不太熟识的朋友的贺年片，上面简洁地写着：相识是缘。

这四个陌生的字使我浮想联翩，我忽然想到，世界之大，我为什么认识这个人而不是那个人，为什么我会跟这个人结婚而不是跟那个人结婚，这里面一定有一种玄妙的东西，我们不认识它，但是它的气流缓缓吹来，迎面笼罩着我们。

我的一个会算命的女同事告诉我，我的前世是一只小松鼠，对此我半信半疑，不过我想，假如我真是那只松鼠变的，在今生，所有我的爱与仇、敌和友，任何一件好事与坏事，大概都在前世跟这只松鼠有纠葛。

肯定就是这样。

如果在一九七六年，有人告诉我，两年之后的某月某日，我将到一个陌生的城市，和另外五十五名我素不相识的人在同一间屋子里，然后我们将在一起相处达四年之久，我会觉得这是绝不可能的。

即使到了一九七七年四月，在偏远的B镇，我也想不出这个跟陌生人聚集的契机。

事实上，这五十六个人确实是在某一个日子，从互不相干的遥远的地方赶到那个城市来了，乌鲁木齐和银川，云南的个旧和广西的北流，想想这些地名吧，奇迹确实在出现，这帮人在出生之前就被一阵大风吹散，现在又被这阵神秘的风吹到了一起，这帮人最大的有三十五岁,生了三个孩子,最小的十七岁,刚刚高中毕业。

这帮人,这个班级,在到齐的第一天,就自己组织起来在那个最大的、墙上有一只圆形窗口的屋子里开了一个会,每个人谈谈自己为什么要报考图书馆学系,互相介绍一下自己。结果缘分这个东西一再顽强地在我们中间浮出,本想报考古专业的,想来想去却报了图书馆学系,本想要报外文系的,考虑到年龄太大,一闭眼填了图书馆学系,更有那热爱文学的,心里想着中文系,不知怎么也报了图书馆学系。也有本来要报北大的,一转念却报了W大。

于是在一九七八年春天的某月某日,这些人们,就来到了这间有着圆形窗口的屋子里。

有一个女孩,她不能告诉人们她为什么会报这个学校和这个系,她的原因比所有的人都远为复杂,这个原因是一个石破天惊的秘密,背负着这个秘密使她从一开始就远离了人群,她本来已是一个十分孤僻的孩子,正需要一个全新的环境,一些新鲜的面孔,一片新生的声音来助她一臂之力,帮她投入人群,使她成为一个正常的孩子。

这个机会却白白地浪费了。

逃离B镇的女孩惊魂未定,小小年纪怀抱着一个硕大的秘密在陌生的人群里重新开始。她不知道这个秘密她将永远也甩不掉，它将要决定她的一生。

这个女孩就是多米。

小小年纪这个词使我想起了电影《卖花姑娘》，凄切和缓的旋律越过二十年的时光像一片草席向我飘来，既雪白，又淡青，散发着月光般朦胧的亮泽。

　　　　小小姑娘

　　　　清早起床

　　　　提着花篮上市场

就是这样一些歌词，此刻像一些小小的柔软的手，从草编的花篮里伸出，舞动着各种令人心疼的手势，在我的怀想中，它们有时是明确的吐字，一个字一个字，带着圆润，滚动成珍珠，有时却是一种无言哼唱，像意大利影片《美国往事》和《西部往事》里的主题曲，华美的女声在弦乐中滑动，时而游出，时而潜入，时而飘远，时而浮来，它没有歌词，令人心碎。

我热爱它们。

所有的电影和它们消散已久的主题曲都是我的所爱。

我爱《西哈努克亲王访问沈阳》《西哈努克亲王访问桂林》《万

紫千红》《科学养鱼》《宁死不屈》《森林之火》《第八个是铜像》《回故乡之路》《火红的年代》《第二个春天》《艳阳天》《创业》《闪闪的红星》《渡江侦察记》以及样板戏种种。

在B镇的平淡岁月里，彩色影片就是节日。在多米的中学时代，最兴奋的日子就是包场电影的日子。此刻我凝望B镇，看到多米的眼睛里掠过的第一道霞光就是美丽的莫尼克公主。

西哈努克亲王访问了沈阳又访问桂林，美丽的莫尼克公主穿着一套又一套的漂亮衣服徜徉在飘荡着鲜花和歌声的地方，失去了祖国的公主浅浅地微笑着，她的微笑从那远不可及的天边穿越层层空气，掠过花朵和歌声，颤动着形成一道又一道波纹，一直来到多米的面前。多米在黑暗中全身布满红晕和梦想，手心出汗，默不作声。

多年以后，我还在黑暗中等待电影的那一道开始的铃声，我们在黑暗中屏息凝神，等待这道神秘的铃声，这是一根时空的魔杖，又长又细，悬在我们的头顶，它的声音在空气中颤动，在黑暗中打开了一道隐秘的大门，铃声一停，我们就进到了一处更为黑暗的处所，我们丧失意识，不知身在何处，我们只有听任黑暗的指引，我们不禁直起了腰，收缩了毛孔，我们紧张地等候着事物的降临。

这时我们脑后的上方突然亮起一道灰白的光柱，它毫不犹豫地直抵我们的眼前，我们的眼前顿时就有了四四方方的雪白的空间，我们紧盯着这空间，这是我们的新世界，唯一的幻想，唯一的天堂或梦乡，我们无限信赖地仰望这个前方。这时候音乐骤然响起，梦乡的大门隆隆启开，我们灵魂出窍，我们的身体留在黑暗的原地，我们的灵魂跟随着这道银白的光柱，这唯一的通道，梦乡之舟，进入另一个世界。

赶快上山吧勇士们

我们在春天加入游击队

敌人的末日即将来临

这歌声永远缭绕在我的少年时光。

现在我们来说多米。多米十八岁的时候在距B镇二十多里的地方插队，有一天黄昏收工的时候，多米听到从公社回来的人说晚上在公社的操场上放新片《创业》，多米立即决定独自前往。

多米是一个无法与人分享内心快乐的孩子，她无法忍受熟识的人与她一道看电影，越熟越不能忍受，最怕的是跟母亲一起看电影，她或他们会妨碍她走进梦幻，他们是平常的现实的日子的见证，多米看电影却是要超脱这些日子，她要腾空进入另一个世界，他们却像一些石头，压着她的衣服，他们的眼睛紧紧盯着她，使她坐立不安。

后来多米在大学里每到周末就独自一人提着小板凳到露天放映场看电影，她风雨无阻，在雨中举着她的折叠小花伞，在雪地里跺着脚搓着手，她的身边是不相识的外系同学。

多米曾跟王一起看过一个外国片《冰海沉船》，多米看到船正在汹涌的大海中下沉，一个瘦削的男子在已经倾斜的甲板奏响了最后的小提琴。多米感到冰海里的水正漫向她的胸口，她泪眼婆娑地望着那个小提琴手，倾听着那最后的琴声，她感到自己就要沉到海底，就要与这个世界永别了，无限的哀恸堆积，多米绝望地抽泣起来，竟哭出了声，她正回肠荡气地等待着黑暗的海水覆盖她的头顶，王却关切地抚着她肩膀，说：多米你怎么了？

现在多米一个人去公社，她拿着手电筒走在漆黑的乡道上，她既害怕又亢奋，她想起了种种可怕的人的传说和鬼的传说，这些传说隐身在黑暗中尾随着她，多米甚至听到了它们隐隐的脚步声，黑暗在黑暗中变化着种种形状在多米的面前起舞，多米的手心出着汗，腿软着，这使她有点像在梦中走路，她想她就要死了，她想她坚决不怕死，她想她主要不是要看电影，而是要锻炼自己的意志。她不顾一切地行走在乡道上，狗远远地吠着，田野的稻穗散发着淡淡的香气，不太远的村庄的暗影里有星星点点微弱的灯火，多米看到了它们，它们就像一只手，把黑暗赶走，多米定定地走路，她想起小时候在 B 镇，晚上一个人从少年之家回来的时候就吹口哨壮胆。

多米的口哨声细小、漏气，根本不成形，毫不像她所要伪装的男孩，根本就如一个胆怯的女孩吹了壮胆的，多米根本不知道她恰恰暴露了自己，她的小而漏气的口哨声和她那同样微弱的电筒亮光如同两只小小的虫子一前一后跟随着她，她紧张的心放松下来，听见自己吹的是下定决心不怕牺牲排除万难去争取胜利。

在大学宿舍的上铺的蚊帐里，我在多米的口哨声中看到了 B 镇的体育场，在我国幅员辽阔的土地上，无论是大城市 W 城的大学，还是偏僻小镇 B 镇，或者是多米插队的公社，露天的电影放映场却永远相同。

这让我在回忆多米的故事时常常把它们混为一谈。

我的眼前永远是一片空阔之地，白色的四方布幕在空地的中间高高竖起，既像船帆又像旗帜，场地的四周是高大的尤加利树，它们紧密围绕，风从树干的空间长驱直入，像无形的波浪涌向空地中间的布幕，布幕呼应着鼓荡起来，鼓荡起来的布幕又加倍召唤着四面的风，如同召唤着四面走来的人，人们从空地下面的斜坡上升，他们走上平地，一眼就看到了高高鼓荡着的银幕，他们亮着眼睛仰着头，朝这面旗帜快步走去。人们围绕在银幕的正面和反面，如同上了一艘大船，等待起锚远行。

也许一切就是从这个晚上开始的。

多米快到公社的时候远方雷声隆隆，天快要下雨了。多米挤在操场的人堆里看《创业》，王铁人说：井无压力不喷油，人无压力轻飘飘。

在荒野和篝火中一个女声唱道：青天一顶星星亮，荒原一片篝火红……

雷声从天边一直滚到了头顶，人堆中的多米既振奋又不安，眼前的银幕里遥远的荒原和头顶的惊雷从两个不同的方向将她从凡俗的日常生活中抽取出来，多米无端觉得她奋斗的时候到了，她必须开始了，奋斗这个词从她幼年时代起就潜伏在她胸中，现在被一场电影所唤起，空荡荡地跳了出来。

她不知道她要奋斗什么。她在生产队里不会联系群众，谁也不会推荐她上大学，她又身体瘦弱，吃不了苦耐不了劳。她又没有后门可走，大队支书的老婆倒是找过多米的母亲看病，但多米一点儿也不认为母亲的后门能走成功。

但是多米此生不能当农民，这是一个意志，插了一年队的多米又加倍地把这意志炼成了钢，磨成了铁。她一定要自己找到一个出口。在返回生产队的墨黑的路上，打着惊雷闪着电，多米高度亢奋，她空前大胆地进行着好运设计，她想她日后一定要写电影，她赌了咒发了誓，生着气地想，一定要写电影，写不了也要写，电影这个字眼如同一粒璀璨的晶体，在高不可攀的天上遥遥地闪耀，伴随着闪电来到多米的心里。

这是一个多么石破天惊、异想天开、胆大包天的念头，多米深深地为自己的念头震撼着，这是最最边远的G省的遥远的B镇农村，有一个女孩想到了要写电影，这是多么的了不起。神秘的铃声骤然而起，一道大幕拉开了，多米日后的经历就是以此为开端，半年之后多米奇迹般地差半步就到了电影厂当编剧，正是源于这个夜晚。

这是一个人间神话，这个神话使我相信，有一个神在注视着多米，并选中了她。

现在，神话尚未开始，天下起雨来了。

雨点迅猛地击落在多米身上，她的脸和手背迅速被雨水打中，水的感觉立刻从指尖末梢传到了心里，在一片冰凉湿润中写电影的念头像雷声一样远去，而一些坚硬、有力的字句却迈着雄健的步伐，越过雷声，像雨水一样自天而降，这些句子在到达多米的那一刻由冰冷变为灼热，发出咝咝的声响，变成一片大火，顷刻燃遍了多米的全身。

这些字句排列起来就是一首诗。

多年来这首最初的诗深藏在我的心底，但是由于那个不可告人的事件，使我总是回避我早期的创作经历，这首诗和那件事被我一起掩埋着，我一面要雪耻，一面又掩埋着要雪耻的这件事。

我忌讳别人提到我的处女作，这个阴影是如此沉重，也许不止这些，也许还有别的。

也许正是想要摆脱它们我才选择了这个长篇。

年初的一天，我把一部小说集整理好。然后着手写一篇序，我本来想写一个女人远离了自己的故乡，在陌生而干燥的北方都市茫然失措地生活着，她的心灵日益枯萎，在夜晚，她自幼生长的那个亚热带小镇如同一些已逝的花瓣从黑暗中鱼贯而来，缭绕着她。

我打算写的正是这样一篇东西，在我下笔之前，华美的词句正分散着在暗中一闪一闪，我向来喜欢把它们连缀在一起，这是我惯用的伎俩。

但我却陷入了回忆。

我写出的是一篇完全不同的序，在这个序里，我从第一句话起就掉落到了往事里，我不由自主地叙述起我的处女作的写作及后来的事情，往事汹涌而来，我把它们一一按落在我的纸上，十五年过去，它们变得陌生、不真实，我拼命吸附它们，力图找回从前的时光。

从前的时光我是多么年轻，曾经多么骄傲。

十九岁。

有一天我从大队学校回生产队，刚拐出大路就听到有人在后面叫我，同队的大队会计从单车上兴冲冲地跳下来说：多米，上面叫你去N城了！

什么？

上面叫你去N城了，要你改稿。会计很兴奋，他有个哥哥是省日报的通讯员，曾经有过去N城改稿的经历，经常把改稿一词放在嘴边。

我说：是谁说的，是真的吗？一面心里狂跳着。

会计说：是真的，N城来的长途电话，打到县里，县里又打到公社，公社又通知大队，让大队及时讲给你听，知青的事都很打紧，我就骑车出来喊你了。

正说着又有一个大队干部从路上过来，也说：多米，让我通知你去N城，路费你先出，到了再给你报销。

会计想起来说，是叫你去《N城文艺》改稿，多米你写了什么？会计有些兴犹未尽，很想讨论一番。

我乱乱地听见他说着他哥去改稿一年发了三篇新闻的话，心里已是一片光明。

我一下乡就被公社的宣传干事（人称陈记者）召去开了一次会，宣布为公社的通讯员，有任务向县广播站、省报、省广播电台乃至《人民日报》、中央人民广播电台等报道本地的农业学大寨、以粮为纲、多种经营、兴修水利、平整土地、春耕生产、狠抓阶级斗争这根弦、大割资本主义尾巴、计划生育、踊跃参军等新闻。

陈记者对自己的行当十分尽责，在这次招兵买马的会上推心置腹地对我们说：我了解过了，你们，在学校里都是好笔杆，我相信，你们都很关心自己的前途，你们写报道吧，有好处，把成绩报道出去，领导高兴，就会重视你们，他们会记住你们的。

你们想不想上大学？

大家在心里用力地说：想。

陈记者说：想就努力吧，不会埋没你们的。

陈记者的话像一个真正的招生人员亲口所说，对我们起到了强烈的煽动作用，我们全都信以为真，我们在心里暗暗庆幸一下来就碰到了陈记者，他在我们忐忑不安混沌一片的心里打开了一扇窗户，使我们看到，要做出成绩并不难，只需做些我们本来就熟悉的，自以为得心应手的事情，这真是太好了。

我们一下子心情轻松。

我们眼前出现了亲切的笔、可爱的纸和安全的桌子，想起了我们历次作文的优秀成绩，墙报上的漂亮文章和大会上的出色发言，它们像宠爱我们的老师、我们最好的朋友站立在我们的身后，在我们身后围成一溜凉爽的屏障，使我们又安全又轻松又自信，脸上悬挂着才气。

这是多么的好。

我从小体质差，最怕体力劳动，太阳一晒就头晕，体力的事总是令我恐惧，下乡之前学校统一量了一次体重，我只有七十二斤，听说在农村只挑七十多斤是很丢人的，是不肯出力气的表现，只有挑上一百多斤才能表现突出。

这使我心生沮丧。

临行前向语文老师梁振中道别，他一再嘱咐我，要量力而行，一定要量力而行，人只能挑跟自己体重相当的东西。

我心事重重地答应着。

从此我一路心事重重。

在七月份的B镇农村，公社的小会议室热气蒸腾，凉爽的前景从陈记者的身上发出，一阵阵地扩散到我们身上。

我们开始专攻县广播站，我们写稿，一式两份，另一份寄给省报，因为各地的投稿数字省报要统计。一时间，有线广播网回荡起我们新鲜的名字。

我们新鲜的名字像刚从河里捞上来的活鱼，在有线广播网里拼命跳跃。一个比一个跳得高跳得漂亮，在跃起的小小的空间里（这空间就是小小的B镇城乡）闪耀着白色闪亮肥美的鱼肚子。

这真是一幅好看的鱼跃图。有线广播事业在B镇十分发达，在县城，像月饼盒子大小的广播喇叭安放在每一个机关和家庭，在农村，每个生产队也都有好几个。我家门口骑楼的廊柱上就一直挂着一个，每天早上六点钟，县广播站一放《东方红》乐曲，所有上学的孩子知道该起床了。

有线广播网深入人心，是我们生活中的有机组成部分，是我们的报纸、电视、收音机、戏台和电影院。十七岁的孩子们下到农村，在夜晚，点着煤油灯写了一篇又一篇的通讯稿，其中有的被广播里那个亲切熟悉说着本地方言的女声读出，我们的名字也被随之读出，我们紧张地从广播里听到了自己的名字，我们兴奋得彻夜难眠，紧接着我们的亲人朋友熟人又一一告诉我们，我们装作脸无表情地听着他们的赞叹，我们是多么爱听赞扬声，我们在心里一再重复着那一片不同的声音组成的好听的赞扬。

每个人都得了一个县广播站"优秀通讯员"的称号，以及奖品：一本塑料皮笔记本，盖着大印。

是谁在一九七六年在B镇县的广播站任职，使我们得到了获奖的喜悦？我很想搞清楚这个问题。那个人是谁？我有时认为这是一个圆脸大眼脸上有酒窝的年轻男人。这个印象从何而来呢？

有一次我心血来潮，写了一篇题为"农业学大寨"的社论，我按照在学校写大批判作文的做法，摘抄了《人民日报》的有关句子，兴致勃勃地编写成一篇社论，我激动地认为这是我写的一篇好文章，若是在学校，梁振中老师一定会给我打一个"优"，这是毫无疑问的。

我兴冲冲地连夜赶回B镇，到县广播站送稿。一个二三十岁的男人接待了我，他费尽了口舌才使我勉强明白社论不应该由我来写。我反复问道：为什么我不能写社论呢？为什么？

我灰头灰脑地从县广播站出来，脑子里却奇怪地想到这个男人的脸，他的眼睛又大又黑，双眼皮，他的脸上还有一个圆圆的酒窝，十分迷人。

迷人这个词是我上高一的时候听高二的女生说的，这本来是一个不好说出口的词，我从来没听人说过也从未使用过这个词。有一次全校举行普通话朗诵比赛，我在班上朗诵毛主席诗词《七律·送瘟神二首》，得了第一，因而被推荐参加全校比赛，并被排到了最后压轴的位置上，一听这个排列我就明白我必须得第一，我想这是没问题的。

但朗诵砸了。散会后有几个相熟的高二的大女生跟我说：多米，你一开头的声音我们都认不出来了，真迷人！其余几个女生立即咪咪地窃笑起来，似乎这里头有一个秘密的典故。我很不自在，既不明了她们的典故，又不知道该不该笑，很难过了一阵，但我从此不必壮着胆就能用迷人这个词了。

有些词中学生是不好意思说出口的，比如爱情、恋爱，甚至结婚这个词也不大敢说，幸好有人发明了个人问题这个词，于是有个同学在请假条上就写道：因我哥哥明日要解决个人问题，特请假一天，望批准。班主任在班上念了这张请假条，大家会心一笑。

有许多秘密的词、秘密的幻想掩埋在中学生的心里，这些词堆积得太多，其中的某个词总要伺机溜出来，比如迷人这个词，在某个下午，在会堂门口，被一群哧哧窃笑的女生放到了光天化日之下，它鲜亮的颜色充满了魅力，从此成为那段时间里我的常用词。

我回忆起广播站那个人是因为广告。晚上七点半到九点之间，电视上会出现一位身着黑色西服的英俊男士，大眼睛，黑眉毛，脸上有一酒窝，他边走边说：不要让你的妻子为琐事烦恼。然后他的妻子在镜头前看书，美丽地歪着头，然后妻子又穿着天蓝色的制服微笑，等等。这是一个洗衣机的广告。

我坚决抵制这个广告，这是一个男权主义的广告，为什么没有洗衣机妻子就会为琐事烦恼呢，难道妻子是天生的洗衣机吗？简直岂有此理！

该广告对我唯一有吸引力的地方就是那位男士的酒窝，它使我回忆往事。

往事是多么的飘忽，多么的如烟，多么的摸不着抓不到，它被岁月层层掩埋，我们找不到它，我们把它全都遗忘了。但是某一天，就是这一天，我们发现它悬挂在电视中的那位男士的酒窝里。

这酒窝里有我的一个奖状，一九七六年的县广播站的"优秀通讯员"。

这个光荣称号是我的通讯生涯的终结，是我文学生涯的开端。

我在知青会上被带队干部批评，说我写了点报道就骄傲自满，紧接着就是评选一年一度的先进知青，本以为凭我的突出表现不光大队能评上，公社也该评上的。

结果就是不评我。

这对我打击极大。一九七六年，一个知青要想有出头之日，带队干部是个关键，他的印象不好，一点办法都没有。我想这下我完了，再努力都翻不了身。

一时十分灰心。

我们大队的知青带队干部姓李，知青及农民均称他李同志，本来是水泥厂的一般干部，不知怎么被派来当带队干部，自一九七五年起，因为一个叫李庆霖的人给毛主席写了信，知青的状况有了改进，下乡的时候国家配发了被子和蚊帐，给所在生产队发了安家费和农具费，第一年每人每月发十块钱，粮油仍由国家供应，等等。

大家都感谢李庆霖。但从此我们就都戴上了带队干部的紧箍咒。

李同志理着花白的小平头，永远穿着一件洗得发白的工作服，我们常常看到他推着单车走在通往大路的小路上，农民们大声问：李同志，回家啊？他就答道：回家。他家在邻近的公社，老婆孩子都在农村，我们怀疑他是为了常回家才来当带队干部的。

再有就是竹筒水烟，在我的印象中，李同志每时每刻都在抽着竹烟筒，每次开会都看见他捧着长长的竹筒子，脚下一圈湿漉漉的水烟屎。我天生不会讨好人，李同志到我们生产队来过几次，我都没有跟他汇报思想，他第一次态度还好，第二、第三次就冷淡多了，后来基本不到我们队来。

我最感震惊的是，我到N城改稿回来，听说李同志在知青和农民中散布说我被人拐卖了，后来电影厂人事科的干部通过组织来要我，他一边跟我说这是一件绝不可能的事，一边跑到公社找文书，不让文书在公函上盖章。

这是我的深仇大恨。

一个人，手里抓着几十个年轻人的命运前程，弄得很像几十朵向日葵环绕着日头旋转，正如欢庆"九大"召开的歌中唱的：长江滚滚向东方，葵花朵朵向太阳。但我没有做成向日葵。

我不明事理，不明不白地错过了机会。这使我悲观绝望。有什么比文学更适合一个没有了别的指望的人呢，只需要纸和笔，弱小的人就能变成孙悟空，翻出如来佛的手心，仅凭这一筋斗，文学就永远成了我心目中最为壮丽的事业。

许多年后我由省城回B镇，在地区火车站意外地看到了李同志，他仍像当年那样穿着一件发白的工作服，头发完全白了，他伛着腰从火车上下来，人很挤，但我还是一眼就看到了他。

我站在人流中，B镇的岁月从身边呼呼掠过，不远处的田野在阳光下十分耀眼，铁轨像一道利刃把田野分成两半，除了这金属的光芒，正午的田野十足像B镇农村的田野，这个情景一再涌来，使我有身在水田里的感觉，铁轨的金属光芒再次刺激我的眼睛，使我重新置身于火车站。

我希望李同志能看见我，我不知道是不是该打打招呼，这真是一个尴尬的场面。他最后没有看见我，也许是看见了装没看见，总之他很快就脱离了我的视线。

B镇岁月在火车启动中无声地飘逝。

N城的旖旎风光在我十九岁半的天空上永远盘旋，亚热带的阳光在两旁是棕榈的大道上笔直地流淌，只需指出这一点，葵扇大道和棕榈大道，就能想象N城是多么的妩媚。

有什么城市有这样的两条街道呢？

哪怕广州，哪怕海口。海口满城椰树，永远不能跟我的N城相比。

谁是自由而快乐的人？

在一九七七年的B镇，谁最自由而快乐？

正是多米。

有谁敢在一九七七年的高考期间当众宣布：即使考上了也不去。所有年轻和不年轻的考学者都发了疯地复习功课，他们把辛苦挣来的一点点好印象一把打碎，纷纷装病回城都在苦读，只有一个人，这个人天天去看电影，有时去看县剧团上演的粤剧。

这个自由而快乐的人是谁？

这个自由而快乐的人就是多米。多米常年生活在B镇，十九岁了还从未去过任何一个城市，多米在放了学的漫长时间里，走遍了全B镇的大小果园，县委会后园的那片遮天蔽日的杨梅林是多米心驰神往的好地方，粗大的树干，茂密、弯曲、婀娜的枝条，杨梅由青变红，闪烁在树叶中间，多米吃遍了B镇千奇百怪的水果，枇杷、阳桃、番石榴、金夹子、夹李子、牛甘子、黄皮，大园的荔枝、人面果，医院的芒果，民警队的葡萄，B镇河流里的鱼虾被我们捞了又捞，沙滩上的沙子被我们玩了又玩，我们一口气就走完B镇的主要街道，至于B镇周围的田野和山坡，我们在积肥的时候、农忙假的时候、学军拉练的时候，统统都去过了。我们有时走过桥，沿着对岸的河边一直走，我们看到一片又一片的萝卜地，萝卜的液汁在沙地底下簌簌流淌，河岸时高时低，我们已经走出很远了，但我们仍然在B镇。

B镇的孩子们从小就想到远处去，谁走得最远，谁就最有出息，谁的哥哥姐姐在N城工作（N城是我们这个省份最辉煌的地方），那是全班连班主任在内都要羡慕的。

谁走得最远，

谁就最有出息。

谁要有出息，

谁就要到远处去。

这是我们牢不可破的观念。远处是哪里？不是西藏，不是新疆，也不是美国（这是一个远到不存在的地方），而是

N城

还有一个最终极的远处，那就是：

北京

上大学之后我才知道，在城市里欢送知识青年上山下乡的场面十分悲壮，汪说她去送她姐姐，火车开动，站台上一片哭声。

我不知道这里有没有夸张的成分。有一首著名的歌使我想到汪的描述：听吧，战斗的号角……万众一心保卫国家，我们再见吧，亲爱的妈妈，请你吻别你的儿子吧！再见吧妈妈！别难过，莫悲伤，祝福我们一路平安吧！她们在大学里有时会满怀深情地唱起这首歌，但我并不知道它，在B镇，我既没有听到过这首歌，也没有看到过火车开动时分生离死别的壮丽场面。

B镇没有火车。现在还是没有。因此我是一个十足的井底之蛙，我的可取之处是想跳出此井，到远处去。

雷红在我从青苔满地的天井向上一跃的过程中担负了一个怎样的角色，我无法准确地说出来，她从N城带回来的歌、故事、笔记本和衣服，在我的眼前呈现了一个生动的目标，我想有一天我也到那里去。

雷红是我中学时代的邻居，她的舅父、姨妈、姑母、叔父均匀地分布在我们这个省份的四个城市，就像一个神仙撒下的四颗豆子，不偏不斜，令人赞叹。

雷红的父亲是个教育家，曾经在教育局工作过，在报纸上发表过关于教育的文章，后来被弄到供销社当采购员。但他衣着整洁，既在意雷红们的功课，出差时又能想到扯丈把花布给几个女儿做新衣服。

有这样的父亲真是福气。有这样的父亲，雷红姐妹总是高高兴兴地独自玩耍，她们不需要别人，她们穿着同样的衣服在门前的空地上跳跃，她们跳跃的绳子发出呼呼的响声，令我羡慕。

所以雷红永远对家庭负有责任，时至今日，她还常常在信中说她要为父母尽孝道。

雷红现在是一个家庭妇女，雷红至今一事无成，雷红常常说，等她到了四十岁，一定要把她的一生原原本本写出来。

我希望看到这本书。

现在我脑子里出现了一个句子：幸福就是枷锁。雷红是一个幸福的女孩，无所作为不能怪她，但什么才是有所作为呢？写一本书就是有所作为吗？有所作为好呢还是幸福好呢？幸福是不是就是一切呢？有所作为是不是就会有幸福感了呢？等等，我不知道。

我还是宁愿要一个父亲。

谁不愿意要一个父亲呢？

我中学时代的日记由一些巴掌大小或比巴掌更小的塑料封面的笔记本组成，它们被我编成了号码，到现在，已经有几十本了，它们越来越厚，跨越的时间越来越多，记述的句子越来越短。我早年的日记本一本都不在身边，它们本来在B镇，几经反复，还是回了B镇。

B镇离北京十分遥远，我只能依稀地看着它们。

其中有一本，黑色的封面上有一朵难看的红色的玫瑰，这就是雷红从N城回来送给我的。

在中学的某个时期，我十分崇尚黑色，我对我的同学说，如果要别具一格，衣服的花色要么是黑底白花，要么是白底黑花，再也没有别的颜色比这好看的了。现在想来，一个十多岁的小姑娘若穿了那种我想象的刺黑刺白的衣服，是多么的怪异，多么的触目惊心。

我自己一直没有找到这样一种黑花白底或白花黑底的布料，倒是邻班有一个女生，托人从外地买到了这样一块布料，浓黑的底，惨白的大花紧贴在上面，那是一种变形的细细长长的花瓣，既像水母又像蜘蛛，狰狞地缠绕在那个女生的身上。从她的身上，我发现自己的眼光已经变得多么的古怪、反常，冷冰冰地失去了对美好颜色的感受力。

那本黑色的日记本从雷红的手上送给了我，如同N城的一个象征，一个暗示，是我与N城的一个预约。

于是这个黑色的日记本便记着从雷红那里听来的基督山的故事，这个故事只有一个开头，据说这是一本内部的书，需师级以上的干部方可阅读，雷红的表哥从他的同学那里偷来看的，雷红只来得及看一个开头。

雷红对她在N城的亲戚不大以为然，说她的表姐连《红楼梦》

都没看过。

在我读高中的时候，正大兴阅读《红楼梦》，我和雷红这些B镇上的精英少女也大读此书，对不是东风压倒西风，就是西风压倒东风的著名论断烂熟于心，我们背诵了所有的诗词，阅读了有关解释，成了年纪小小的红迷。

我想，我没有去过N城不算什么，我通读了《红楼梦》，又自学高等数学，我还买了一本厚厚的《宇宙之谜》，并逐期借阅月刊《科学实验》，我的各科成绩闻名于校。

你知道光消失后光子到哪里去了吗?

这就是我当时的问题。

多年以后我回想这一阶段，我看到这一切既没有老师的指点，也没有家长的引导，一切都是自发的。遥望B镇的那个少女，她穿着蓝色衣裤，在B镇钢蓝色的天空下纵身一跃，她坚定地以从高处往低处跳的姿势训练自己的胆量和意志。这是多么奇异的少女，她柔软的身躯和蓝色的弧线珍贵地闪耀在B镇的天边。

我常常对人说起这个姿势，这个姿势永远停留在我的少女时代。

东风吹

战鼓擂

现在世界上

究竟谁怕谁

没有去过N城实在算不了什么，肯定是要去的，那是一个早就预定了的目的地，我们将长上翅膀，乘风破浪，蓝色的风在我们的耳边呼呼鸣响，我们就是海鸥，就是船，就是闪电。

将乘风远去的少女就是多米。

这是一个轻飘飘的、狂妄自大的时代，如同天上的白云，轻盈、柔软、洁白。

此刻，我紧盯着的地方就是N城。

N城伴随着一阵亮丽的绿色进入我的体内，在我的心脏中嘤嘤作响。

我在B镇农村的田野中间站立着，太阳在流泻，一个声音越过太阳对我说：

你要到N城去了。

N城N城，水晶般的N城长期以来囚禁在我的梦境中，现在它轰隆隆地响起来了。它的音响久埋于我的内心，它的旋律就是雷红那年从N城回来唱的那支歌子，是朝鲜片《摘苹果的时候》里的一个插曲，我一遍遍地把它唱走了样，这走了样的曲子就是我对N城的印象。

这段乐曲在那个绿色流淌的下午从天上流泻下来，N城的楼房和棕榈树鱼贯来到我的眼前。

我来不及跟任何人请假，当天晚上我们大队的文艺宣传队要到邻队去演出一台节目，我既是编导又是主演，有一个铁姑娘开山造田的舞蹈由我领舞，我的缺席将会产生什么后果，在那一刻我连想都没有想。

我匆匆回到队里，匆匆在印着"为人民服务"的黄绿色帆布挎包里塞进毛巾牙刷，以及一本蓝色封面的《现代诗韵》，在偷偷摸摸练习写诗的最初生涯中，这本诗韵和《新华字典》被我翻得精疲力竭。

我拉出单车，沿着门口窄而斜的下坡飞奔到路上，链盖被路面的泥坑震得砰砰响。

我在山道上呼呼地骑着车，下坡的时候放胆地不抓闸，车体飞快地下坠，又惊险又过瘾。

我身轻如燕心如闪电。

噢，N城，你是如此爱我！

走上柏油马路的时候，我看到公路两旁的蔷薇在怒放。正是在怒放，怒放这个词发明得多么好！充满激情和活力，既像气体般自由，又像火焰般热烈，我从未见到过如此茁壮、繁茂、层层叠叠争相开放的蔷薇花，在B镇，哪里有这如云堆积的花朵呢？

我第一次发现，粉红和粉白的颜色也是可以鲜艳的，它们白里透红，红中泛白，如同天上的花朵。

太阳正在落山，浓彩的金色光焰高高低低地跳荡在娇嫩的花瓣上，五月的风从大路的尽头一路吹来，仿佛来自一个不可名状的梦幻之所。

这蔷薇花多像梦中所赐啊！在我十九岁的时光中，遍布着它们的芬芳，我此前和此后，再也没有看到过如此灿烂的花丛了。

我回到家，母亲和继父都知道了此事，连母亲的同事也都知道了。当下决定，第二天一早就上路，由我母亲带我坐客车到地区，在地区教书的姐夫送我到火车站。

这是我第一次出远门，耳朵里灌满了各种叮咛，在排队等待进站的时候姐夫郑重地告诉我，在火车上有位子就坐着，没位子就站着。他又说：只要有位子，不管那头坐的是男是女，是香是臭，都要赶快坐下去，不然就抢不到位子了。

在黑暗中N城越来越近，一个巨大的幻影在我眼前变化着各种色彩和亮光，轰隆隆地走近我。我兴奋极了，无形的亮光与色彩，无声的喧响在我身边涌动，哦，N城，你使我相信，敢于幻想的，就能够得到！

火车快到的时候我感到了一片灯海，真是辉煌至极，我睁大眼睛仰望每一处高楼和灯光，我一次次地想：我到一个大城市来了，这是一个省会。后来我在 N 城居住了八年，无数次到达过 N 城火车站，从出站口看 N 城的街道，客观地感到这些街道十分平淡，只不过是 N 城这样一个中等城市的普通的街景。

但我十九岁的时候，以后的日子尚未到来，一切的惊喜都未曾被剥夺，它们如同一个蓓蕾，牢牢地被包裹着，它们只在一个时刻绽开，那个时刻是如此短暂，这短暂的时刻已经一去不返了。

我在出站的栏杆旁看到了我的哥哥，这个唯一的哥哥跟我没有任何血缘关系，他是我的继父带来的，但他天性善良，待我不错，我跟他并无隔膜。当时我哥哥被选送到一个中等专业学校学化工，家里给他打了电报，他就来接我了。

他像许多性急的人一样攀在栏杆的横杆上，以便使自己的头从众多的头中浮出。

我一眼就看到了他。我先看到了他，他正往人群中焦急地找我。

那是一个熟悉的、亲人的面孔，从那里散发着安全的空气。多少年后我想起第一次到达 N 城时看到我哥哥的情景，还是满怀感动。

一个十九岁的女孩，从未出过门，当她在夜晚到达一个陌生的偌大的城市，万灯闪烁，万头攒动，如果她看不到接车的人，她将怎么办?

我想,也许N城的全部辉煌都是在我看见哥哥之后才发现的。我跟在他的身后,迎面看到大街上的一座七八层的大楼,竟觉得十分巍峨。

在哥哥的女同学宿舍住了一夜,第二天他带我去找文联大楼。我们走过了一条又一条街道,无数的街道使我眼花缭乱,问了很多人,文联大楼还是没有找到,于是我们沿着红卫路伸出的一条树木很多的幽静小路往里走。

小路的两旁是围墙,围墙非常长,一直没有看到门,并且出奇地静,前后没有一个人。我们越走越远,还是那么静,还是没有人,我有点害怕,于是停了下来。

我侧过身,却很快就看到了一个人从后面走到了我们的跟前,吓了我一跳,刚才怎么空无一人?也许她是从树底下钻出来的。

这是一个老女人,脸上满是黑色的皱纹,身上却穿着黄绿色的军上衣,像一个穿军衣的女巫。

我哥哥问她文联大楼在哪里?

她看了看我,冷傲地说:文联大楼怎么找到这里来了?你们没看见这墙上全是铁丝网吗?这是关犯人的地方。

我哥又问:那红卫路在哪里?

她手一指,说:就是你们刚才过来的路。

这是那个兴奋和混乱的初夏中唯一的一个古怪的记忆，当我那件不可告人的事情曝光之后，我常常想到在Ｎ城碰到的这个女巫似的老女人，这肯定是一个不祥的符号，是命运中的一个征兆。

那件我迟迟不能说出的事是什么呢？

是抄袭。所有写作的人最鄙视、最无法容忍的抄袭。

很多年来，看到别人犯了同样的错误的时候，我总是十二分地义愤填膺，十二分地表示蔑视，我对那位被抄袭了的女友说：告她，跟她打官司。

同时我心里想，上帝保佑那个抄袭的女孩。

我又想：幸亏那耻辱的年代早已过去了，我早已证明了自己，我写出了比当初抄的诗更好的诗，我写出了比我的诗风格更为独特的小说，过去高山仰止的一切刊物我都一一到达了。我的一位诗友在《Ｎ城文艺》负责诗歌组，他告诉我，当年我的档案他亲手烧毁了，变成了灰。

一位老师告诉我，当年Ｗ大学来招生，曾到《Ｎ城文艺》了解我的情况，他们对招生的人说：这个女孩也会写诗，我们考过她，她不过是一时糊涂。

一切确实过去了，我来到一片开阔的平原上，所有新的面孔看到的我，只是我的新形象。

连我都忘记这回事了。如果不是我要自己写一个序，这个序使我回顾了过去，我也就不会想到要写这样一部长篇。

卡夫卡是怎么说的？最美的、最彻底的埋葬之地莫过于一部自己的长篇小说了。好像是这个意思，我记得不是很准确。我的记性越来越差，医生给我开了一瓶柏子养心丸，适用症状中有一条，就是健忘。

从我写作这部小说开始，我似乎提前进入了老年期，据说进入老年期的标志之一，就是对久已逝去的往事记得一清二楚，当年吃的年糕粽子的味道，当年见到的人的一颦一笑，当年经历的事的末梢细节，等等，全都如在眼前，如在昨日。而对眼前发生的事情，哪怕就发生在昨天，也照样忘得干干净净，面对一个很熟的人，拼命也想不起他的名字。

我发现我正是如此。

也就是说，我的暮年提前而至了。也就是说，我的青春年华，全都凝固在十九岁的那一小截时光里，往后的日子只是这只杯子里渗漏的一点点，而它们很快就被蒸发了。到了我的三十岁。一切都消失殆尽，在我的脸上，看不到青春的影子和光泽，我没有年龄，也没有家，人们判断不出我多大。

身在未来的年龄里有多好！

有什么比这更安详、更宁静、更怡人的呢？总之这是一件令人满足的事情，就让我进入我未来的暮年，让我沉浸其中吧。

假设我是一个老人，如果我是一个老人，我可以完全地宽恕自己。对，我坐在宽大的藤椅上，置身于一片寂静的阳光中（在未来的日子里，这是多么的奢侈，无论是寂静还是草地，都将被人所充斥，阳光中弥漫着工业粉尘。还是让我提前进入暮年的好），过去的风无声地拂来，我在恍惚中看到那个十九岁的女孩的脸庞和身影，我想她是多么没有必要在长达四五年的时间沉默寡言，失去信心，变得难看、平常、郁郁寡欢。

这个女孩，八岁就读过《红岩》，中学数学统考曾获全县第一，各科成绩在全年级中总是领先，有什么可以阻挡她的骄傲？有什么可以堵塞住她年轻嘹亮的声音？

也许事情真的没有那么严重，但对于一个未经世事的十九岁的女孩来说，就是天要塌下来了，从此她背负着她自身重量构成的阴影，步履蹒跚。

这片阴影就是那件事情，让我从头说起。

我不知道我写诗到底有多少是出自内心的冲动，又有多少是出自功利的目的，也许在一定的时期里，两者都同样强烈，而在另外的阶段，内心的冲动释放掉了，而功利的热情不减，一味地为了寻找出路而写作。当然，到了很多年以后，写作变成了生活的重要方式，那又是另一种境地。

当时我发现以写作寻找出路是一件最最适合我的事情，我立即热血沸腾地专程赶回B镇，到县新华书店买回了当时仅有的几本诗集，记得分别是李幼容的《天山放歌》，高红十的《青春颂歌》，还有一本章德益或龙彼德的知青诗集，还有一两本当时的《诗刊》。

我首先仿照高红十写了一首长诗，叫《远航》，按照我当通讯员积累的投稿的常识把这长诗抄了一式两份寄给N城和地区的文艺刊物。此外还写了一些零散的诗寄给报纸。

此举自然是失败了。但是这个时期很短，短到几乎没有打击我。我从少年时代起就磨炼自己的意志，从长跑到把手伸进烫水里，现在，这种自我锻炼开始结出硕果了。我想不管碰到怎样的挫折，我将不发疯，不放弃，而到最后，我一定会成功的。我想我是多么年轻，我想我是多么坚强，这年轻和坚强像两颗珍贵的宝石，深埋在我的内心，从那里散发出照亮黯淡岁月的虹光。

我日思夜想，认为应该用一种办法引起编辑的注意。自那次冒雨夜行写了一首《暴风雨》之后，我想到可以写一组十几首这样的诗，十首，十五首，这样也许就会引起编辑的注意了。

我在半个月的时间里，一下写了一堆诗，连挎包和扁担之类都写进去了，一时再也想不出什么新题目了。我数了数，这些诗一共才九首，离最高目标十五首还差六首，离最低目标十首也还差一首。我想至少要写够十首诗，既然连九首都写了，第十首又有什么难的呢？我又将我看到的认为值得写的事物想了一遍，我发现它们确实被我写完了，再也没有什么可写的了。

当时我已在大队的学校里当民办教师，自己有一间很小的土屋，我用砖头和门板做成了一张桌子，我就在这上面写诗。正是春天，暖而湿的风从窗口吹来，虫子在鸣叫，清晰而有节奏，青苗的气息在门口的墙脚下弥漫。我仿照借来的一本《唐诗三百首》里的五言古诗，写了一首《春夜偶感》，写完后陶醉了一阵，但我很快意识到，夜已深了，这使我焦躁起来。我心里十分明确，仿五言古诗是一种娱乐，只有写能够投稿发表的诗才是工作，而只有工作才能使我心安理得。眼看一个夜晚就要过去了，我还什么事情都没有干，我既没看书，又没有写作，白白闲坐，胡思乱想一晚上，这个糟糕的现状被我的自我谴责弄得越发乱七八糟起来。

我心浮气躁，胡乱地在诗集中猛翻，试图从中找出灵感。我边翻边想，我一定要写够十首，要成功就要完成每一步计划，一点儿都不能放松。我像一个勤勉的科学家而不是一个激情澎湃的诗人那样想：今晚我一定要再写一首诗，如同今晚一定要再做一次实验一样明确和理性。

我一遍遍地勉励自己，突然，我翻动着的诗集中有两个字灵性十足地行走到我的眼前：脚印。

这两个字如同一种神奇的气体，一下使我心静如水，春夜的浮躁和骚动悄然退去，我满怀感动地望着这两个字，就像是我失散多年的孩子，我怀抱着它们。本以为一切都已穷尽，现在却看到了这个美妙的形象，啊，脚印，一行行，一只只，深深的，浅浅的，这诗在我堵塞已久的思路面前打开了一条空阔宜人的路，我情不自禁地随之而去，我在自己的纸上一行行地抄着，有我觉得不好的就绕过去，或者自己另想出一个词代替。

我欣喜地抄写着，一时觉得血液畅通，全身轻盈，就像自己在写诗、在创作时的感觉。我肯定是被自己迷惑住了，我视迷途为正途，充满信心地疾走如飞。

我飞快地完成了这一抄写，我放下笔，像往常写完一首诗所感觉的那样，既兴奋又有点累，还凭空生出了一种功德圆满的心情。我想我终于跨越了最后的困难，在预定的日子里如期完成了自己的计划，这是我的好运设计的第一步，第一步完成了，以后就会步步跟上。我在心里说：看啊！我是有力量的。

我很快就睡着了。

第二天是星期天，我把所有的诗誊抄了一遍，准备到公社邮电所寄出。誊抄作品是最愉快的时刻，令人想起朝鲜电影《摘苹果的时候》，正是那种感觉，B镇不产苹果，这使苹果在我们众多的亚热带稀奇古怪的水果中闪烁出一种仙果的光芒，跟一种最大的喜悦联系在一起。但在誊抄《脚印》的时候苹果消失了，我感到了一阵不安，我把别人的原作翻出对照了一遍，除了一些词句，两者的确是太像了。

我心急火燎地为自己找到了一个理由，我对自己说：我把别人的一首诗混在我的九首诗中，看看自己的水平究竟如何？也许编辑选中的将是我的。

这个荒唐的理由使我手脚麻利心情轻松地朝公社邮电所飞奔而去，路上我不再犹豫，毫无阴影，直到几个月之后事发，我再也没有想到这件事。

人为什么会这样愚蠢呢？

厚厚的信封从邮箱飞坠而下，发出沉闷的声响。一支利箭开始出发了，它携带着不可变更的事实和不可逆转的时光，永远地出发了，它日夜驶行，朝着它的目的：我的心脏。某一天，它将以雷霆万钧之势击中我，使我轰然倒地，一蹶不振。

所有的苹果沉重如铁，统统倾倒在我的头顶。

N城的岁月也已飞逝而去了，但它最早的闪光总是出现在我的心里，成为我重要的支撑。

我和我哥哥终于找到了文联大楼，原来我们已经两次从这个大门经过了，文联和《N城文艺》的牌子没有挂在当街，而是挂在院子里的楼里。那是一幢崭新、整齐的五层楼，巍峨这个词又一次从我心中升起，在那次 N 城之行中，所有的楼房（不论高矮）都巍峨，一切的灯火（不论大小）都辉煌。

我走进这幢巍峨的五层楼，兴奋而紧张，金色的蜂群在空气中震颤，金色的闪光在白色的墙上和水泥楼梯上闪耀。在我的记忆中，那个时候的文联大楼就是一座宫殿。又黑又瘦的 B 镇小姑娘在楼梯上一步一探头，很快，她眼前就出现了一些热情微笑的脸。她坐在诗编室里，听到有人在走廊里说：来了一个写诗的小姑娘，并有人在诗编室探头探脑。诗编室的一位中年编辑一边给她沏茶一边连连问道：你第一次出远门吧？不知道你什么时候来，本来要去接你的，你妈妈放心吗？不放心？我来给她挂一个长途电话，等会你还能跟你妈说话呢！

他立即到走廊里挂电话，我听见他在走廊里大声说我母亲的名字：文章的章，珍珠的珍。过一会儿他进来说：你妈妈不在，我托你们县的总机转告她，说你已经平安来到了，请她放心。

紧接着来了一个个子很高大、肤色黑黑的人，一进门就说：来了吗？作者来了吗？编辑连忙说：这就是组诗的作者多米。又对我说：这是我们的主编刘昭衡。刘主编说：快坐快坐，很年轻啊！你多大了？

我说：十九岁。

刘又问：你怎么这么黑？劳动晒的吗？

我说：是天生的。

大家都笑。刘又一连串地问：你爸爸妈妈是干什么的？多米是你的真名吗？在哪里上的学？读过什么书？我也一连串地答道：我三岁的时候我爸爸就不在了，妈妈在医院工作，多米是我的真名，一直在B镇上学，从来没有去过别的地方。读过《唐诗三百首》（我拣了这本最响亮的书说了出来）。

刘主编兴致很好地说：那天没事，我转到这里，问老罗最近有没有什么好稿子，老罗说新来了一些，都堆在这里，还没来得及看呢。我就手翻了翻，就看到了你的组诗，我一看，这就是好诗啊！很不简单，这么年轻的女孩子，写出这样的诗，我一想，就让老罗打长话把你找来了。

老罗搓着手说：是啊是啊，让作者来改稿以前从来没有过，这是第一次。

我一时激动得说不出话来。我听见我的心脏充满了呼呼作响迎风飘舞的气体，它们从我的体内奔涌而出，像向日葵一样围绕着那黝黑而富有雕塑感的脸。我在心里使劲想道，刘主编就是我的恩人，我将永远记住他。在我的心目中，刘简直就像一只神仙伸出的手，把我从遥远偏僻的B镇的泥土中一把拎出来，我无法判断我的诗句，这个神奇的刘主编，他吹了一口气，我的诗顷刻晶莹透亮地在N城的天空中飞舞。

刘高兴地领我从三楼到四楼又到五楼，他边走边说我带你见见文联领导，他带我走进一间又一间屋子，我听到了一些陌生的头衔（如党组书记、秘书长、文联主席等等）和奇怪的名字（大概是笔名），老头子们大概刚刚恢复工作，一个个又老又精神，老而弥坚（这是我后来学到的词），他们和蔼而亲切地望着我说：好，好，这么年轻。他们问我一些相同的问题：父母亲是干什么的？他们会不会写诗？在哪里上的学？读过什么书？这些问题像一些彩色的气球，悬浮在我的头顶，我走进哪间屋子它们就飘到哪间屋子，我像一个熟练的弹球手，气球一只只地落到我的鼻子尖前，我依次将它们一一弹回到空中，周围的人说：不错，不简单。

　　啊啊，它们在空中跳动的弧线是多么优美，多么灿烂。繁花似锦的气球们，被我弹碰发出的"噗噗"声悦耳动听，我的指尖触及那富有弹性的触面，那颤动的感觉传遍我的全身。

　　刘说：你来的车票都拿去报销吧，等会老罗带你去，你就住文联招待所吧，就在这院子里，食宿老罗会给你安排。他走到走廊的窗口，冲窗下的一幢宿舍指指，说：我家就在下面，一楼，有空你就来玩。

　　刘领着我一路从五楼到四楼到三楼，他说：多米，N城你没来过，你先玩两天吧，我们这里刚分来一个复旦的毕业生，是你的B镇老乡，下午让他领你去看电影。

我忽然想起一个重要的问题，我说：我还要改稿，先把稿子改了再去玩。

刘笑笑说：稿子不用改了，小样都出来了，你先到我办公室看看。

这又是一个巨大的惊喜，它在其他的惊喜之后雍容地来到，像幽蓝的天空上一些先至的焰火尚未消散，一朵大而丰满的焰火横空出世，在空中绽放，它们一朵朵落在我的头上，把我的心里填得满满的。我跟到刘的办公室，他的桌子上正摊着一溜长长的白纸，大小既不像杂志又不像书。刘拿起其中的一条指点给我看：看你的诗，这下成了铅字了，高兴吧？我们选了四首。

我在那条长窄的白纸上看到变成了铅字的自己的名字。署名用了我的本名，投稿时我本来是用了一个笔名的。刘说：我帮你把名字改过来了，怎么样？你的名字很好的呀！我看到平日里无数次手写的名字穿上了铅字的外衣端立在刘主编的桌上，一时觉得心里有许多的感动，我想哪怕我现在马上死了，我的名字已印在了杂志上，变成了黑色的精灵，分散在许多个地方，它们会比我存在得更长久，我想我这一生竟没有白过，有一种壮志已酬的心情。

我接着看自己的诗，第一首就是《暴风雨》，最后一首才是《脚印》，这使我大大地放下了心，这个次序使我认为，我的诗比那首别人的好。我一行行地看下去，第一行铅字的诗行如同一根魔棍，我的眼睛一触及它，我的四周和我的内心顷刻寂静下来，像被这诗行吸到了另一个空间，那些诗句又熟悉又陌生，熟悉的是我确实写过它们，陌生的是我从未觉得它们有这么好。我被它们深深地吸引和感动，我的眼前和耳边满是另一种雷鸣电闪和随风飞舞的事物。

我的视线十分自觉地徘徊在前三首，一经触碰到《脚印》，又立即往回走，就像一个老实人在邻居的栅栏跟前收回自己的脚步。我把自己的诗看了两三遍，越看眼睛越明亮，就像自己丢失的东西在N城重新被找回，这件珍宝洗去了尘土焕发出光泽放到了你的跟前，使你惊喜交加；又像一台排练已久的戏，本来是各人穿着平常的衣服分段分场地排练，看不出光彩和激动，所有闪光的东西都被平凡的服饰遮盖了，而一旦正式演出，角色全都化了妆，穿上了戏服，该红的红，该绿的绿，灯光一打，熠熠生辉，乐队一伴，万物噤声，华丽的唱腔自天而降。

真是有说不出的好。

我就这样沉浸在再生的诗句中，就这样，我错过了声明那首诗是别人的作品的机会，也许我一时想不到，因为我在别人的栅栏前总是及时地退回，竟没有想及此事；也许我出自自尊（？），不知该怎么说，索性随它去；也许迟疑之间就失去了勇气和机会。

事隔多年，我自己也分析不出究竟是什么原因，促使我在以真名发表的四首诗中袭用了别人的一首。我觉得此事十分糊涂。

我一生中的最大错误就这样犯下了，这个错误影响了我的一生。当年那个改正错误的机会就像一张狡猾的人脸在总编办公室的门口一闪而过，我没有抓住它，它不可挽回地永远消失了。

老罗说你先到财务科买饭票。卖饭票的中年妇女对我说：你就是那个写诗很厉害的小姑娘吗？

B镇的口语中没有"厉害"这个词。这对我来说是一个陌生的书面语，我从未用过这个词，我警惕地看着她问："厉害"是什么意思？她说："厉害"就是写得好的意思呀！

我心满意足地拿着饭票走到一楼的前厅，看见刘主编正在招呼一个年轻人，他说：多米，这是你的老乡小何，复旦毕业的，下午他带你去看电影。小何白白的，学了一口漫不经心的普通话，一点儿也不像B镇人，他问我会不会骑车，我说会，他便找来一辆崭新的公车，让我下午在门口等他。小何始终没跟我说一句有关老乡的话，这使我觉得他不太热情。

下午我骑着一辆就我的个子来说较高的自行车跟在小何后面上了N城的大街。我虽然车技不错，能单手在田野的小路上骑车，但N城的车流和人流使我很不适应，我紧张地躲过横冲直撞的车和行人，一抬头，小何已经骑出很远了，他一点儿都想不到要领我，我既要紧张地骑车，又要顾着在遥远的前方搜索他，他穿着在人群中极易消失的白上衣，常常一眨眼就找不到他的背影了，我急出满头大汗才又找着他，我最担心的就是十字路口，生怕在他拐弯之前失去目标。

最惊心动魄的就是过N江大桥，那是我第一次看见江，在B镇，只有岸低水缓的河流，河面上有一条供人步行的木桥，而N城的江是真正的大江，因一九五八年伟大领袖在江中冬泳而闻名全国，江面上雄踞一条能并排开过五辆汽车的钢筋水泥大桥，在高岸之上，如彩虹飞渡，这一切对我来说犹如梦境。特别是在夜晚（当天晚上仍由小何领我过江看文艺演出），桥面的灯呈弧形悬浮在黑暗的空中，连成一道薄光闪烁神秘莫测的通天之桥。

我看见小何已经上了桥，但我面前还横着一条横街，人车之流汹涌而过，我跳下车，推车步行着寻找空隙，我一点点地在人流中浮动着，一边寻找越走越远的小何，我绝望地看到他的头发在桥面上一闪就不见了。在如此危险如此奇峻的地势中唯一认识的人消失了，我感到万分的孤独，N城的敌意渗透在汹涌的人流中，变得铺天盖地，我觉得我快要被淹没了，我拼命突围，使出全身的力气往前冲，我只有一个想法：一定要冲出去。

等我到达桥头，已经一点儿力气都没有了，我的面前是我生平第一次看到的N江，在我受了惊吓并且疲惫的身心中，把这平缓的N江看成了金沙江、大渡河，几乎就像在电影里看到的那样汹涌澎湃，浪涛滚滚。我上了桥面，恍惚中感到小何正在桥对面的尽头等得不耐烦了，我心一横上了车，这是我第一次在桥上骑车，巨大的悬空感立刻吞没了我，身下深处是河流，桥梁已是悬空，人骑在车上又隔了一层，这两层的悬空感像一根绳子把我从头顶心吊着，使我上不着天下不到地，又不敢乱动，我全身的感觉都在车轮上，那窄窄的只有两指宽的宽度紧贴着桥面，载我从桥上驶过。

在我十九岁的时候，N城总是给我震惊。

震惊是一种雄大的力量，震惊比没有震惊好。后来我在N城居住了整整八年，我对N城的一切都已司空见惯，我觉得N城的车站是这样小，街道是这样窄，河流是这样浊，桥是这么的短，它的一切都已太平凡，美丽动听的雷声在十九岁的初夏已滚滚远去，无处可寻，我的天空是一片寂静。

也许我应该感谢小何而不是心生怨气，事实上，时至今日，我已完全理解，一个潇洒年轻刚刚从名牌大学毕业的小伙子，如果他稍有一点虚荣心，一定是不愿意身边有一位从乡下来的又黑又瘦的女孩跟着，他一定是离得远远的，让人看不出他跟这个女孩有一点点关系，不然他不仅脸上无光，连女朋友也会鄙视他的。

小何没有长一双火眼金睛，让我原谅他。我生命中的那双眼睛还没有到来，也许时至今日，也还是没有到来。那双眼睛能引发我全部的光彩，在任何时候看我，我永远美丽、永远年轻、富于才华、充满活力。那双眼睛和我的生命互相辉映，那是多么的好！多么的好！

谁能在又黑又瘦的女孩身上看出光彩来呢？那就是刘。谁能重视这些虚空的只有写在纸上才能显形的流动之气呢？那就是刘。所以，刘永远是我生命中的第一道阳光。

我去看的那场电影是《林则徐》，我一写到此，眼前立即出现那些壮怀激烈的火把们，我本来就是一个超级影迷，这使我连日的激情汹涌找到了一个十分合适的出口。我看得如醉如痴，泪流满面，我完全忘记了小何以及N江。散场的时候，我恍恍惚惚地骑着车子，小何在我面前若有若无若隐若现，我几乎没有注意到他，脑子里满是电影里的场面，我骑上桥面。顿时八面来风，将我的头发高高飘起，我顿觉身轻如燕，来时的困顿紧张全都消失了。

我在这种亢奋状态中回到文联大院，既不饿，也不累，也不渴，也不困，碰到这种时候，我知道，我要写作了。

我一气写了四五十行，看了一遍，然后心满意足地在招待所的陌生屋子里睡着了。

第二天一早，我抓起诗稿就跑到刘主编家。刘有些意外，说：

这么快你就写出这么长的诗来了？他很快把诗看了一遍，竟有些激动地说：多米，这次考试通过了，你知道吗？这次叫你来，不是来改稿的，一个小女孩写出这样水平的诗，好多人都不相信，说要考察考察是不是真的，所以破例叫你来。

我一时有些发愣，心想：原来是不相信我啊！那首别人的诗像一个鬼魅在门角一闪，我没理会它，它于是消失在刘的书桌底下了。

刘说，我很喜欢有才气的女孩子，我有三个儿子，没有女儿。他又说：我的大儿子也写诗，我拿给你看看。他拿出一本杂志让我看，他指点着说：他的才气不如你啊！你关键是要坚持下去，女孩子一定不要早早结婚，有的男人像牛一样，打老婆，我们有的女作者就这样毁了，我是很同情妇女的，女作者要成长起来很不容易。

刘的话我听得声声入耳，我在心里使劲说：我将永远不结婚，永远写诗，直到我死。

我又听见刘说：你到阳台看看我家的花，有一种很奇妙的花正好开了。我立即又雀跃着跟到阳台，刘指着一朵半开的花问我：这是什么花，你知道吗？我说不知道。刘高兴地说：这就是昙花呀！有个成语叫昙花一现你不知道吗？我说知道，只是没见过昙花。我又问，这花真的只能开一小会儿吗？刘说：怎么不是，下午你再来它就垂着头闭上了，再也不开了。

我若有所思，喃喃地说：我来写一首诗吧。刘立即递给我纸和笔，我很快写成了一首十几行的诗，纸面上有些潦草和改动。刘看了这首临场之作，立即抓起诗稿兴冲冲地跑到办公室去了，就好像这首诗是他写出来的一样。

多年过去，我的恩师已经不知去向，那个清晨的光晕长时间地保佑着我。两个月后抄袭之事事发，刘昭衡主编没有采取使我难堪、使我无地自容的做法，只是来了一封信，让我以后在参考（是参考而不是抄袭，这是两个多么温暖的字，在暗无天日的日子里，我紧紧抓住这两个字，才能进入那个结缀着我的珍宝的N城的清晨，在那里我意气风发，衣襟飘扬）别人的诗作的时候一定要说明，信中充满了安抚之词。信中说：你很有才情也很努力，你还很年轻，千万不要想不开。信是以编辑部的名义写的，但我觉得每一句都是刘的话，事隔多年，这封信仍使我止不住泪水盈眶。

刘昭衡，这是我生命中最仁慈的一个名字。后来我大学毕业分到N城，一安顿下来我就去找刘，在楼梯口遇到老罗，他告诉我刘主编已调离刊物，到通志馆去了。后来我又到通志馆找过他，他正好下乡搞调查了，没见着。到后来听说他已离开N城，回海南老家了。（刘是海南人，但我从未见过海南有他这样身材的，可以用伟岸来形容，听说他在海口的一个什么办事处，但我始终没有找到他。）

在十九岁，在N城，我像是被放置到一片寂静的原野上，那里满是绿色柔软的草和细小的花朵，天空芬芳洁净，有一种纯金般的口哨终日缭绕，好运如白马，从寂静草原的深处向我走来，一匹，又一匹。

一切都如同梦境。

其中的一匹马是谁？是电影厂。

电影厂恰恰是那个B镇女孩的神话与梦境。在十九岁，一步就跨进了神话，骑在白如积雪的马背上远去。

让我告诉你，奇迹是怎样发生的。

有一天，就是我到N城改稿的第二天，刘带来了一位陌生的男人，介绍说这是电影厂的编剧，刚从北京调来的。此人高，瘦，白，穿着一件细细的浅绿线格子短袖衬衣，我从未见过男人穿这样的衣服，我觉得十分新鲜。我想：啊，这是从北京来的，我注意到他的宽大的裤子上有一小块补丁，无论在B镇还是在N城，知识阶层的男人都是极少穿这种补丁的裤子的，即使有补丁，也是千方百计补在暗处，不像这样明明白白地补上去，这使我肃然起敬，我再次意识到，这人如此特别，皆因为他来自北京。

这个人，在我十九岁的那一年，深刻地影响了我的生活轨道，使我无可挽回地走上了现在的道路，他的生活模式，也成了我的生活楷模。

　　后来我上了大学，暑假时到N城，我才第一次到了他在电影厂的宿舍，他除了一面墙的书柜以外，只有一只破旧的沙发，其余所有的东西都装在纸箱或粗糙的木箱（装肥皂的那种）里，他说他几乎每顿都吃面条，因为吃饭太浪费时间了。后来我大学毕业，也大量买书，吃面条，我意识到这是一种模仿，但这种清苦的生活使我常常觉得，我是在与众不同地生活着。

　　现在，我给他取一个名字，叫他宋。

　　宋在刘主编介绍我的时候伸出了他的手，握手这一套我在N城的几天里已经熟悉了（在B镇，我从未跟人握过手，根本就是中学生一个，握手在我看来是一件很滑稽的事），但宋在握手的那一个瞬间轻轻地说出了自己的名字，这使我又开眼，又新奇，同时我感到，宋把我当成一个大人，一个平等的人。我在心里说：他的风度是多么好啊！从北京来的。

　　宋一开口说话，我就觉得他的声音特别好听，普通话特别标准。其实那只是我的错觉，宋的湖北口音极重，不用细听就能听出来，在B镇长大的女孩孤陋寡闻，以为一切本省以外的人的普通话都是标准音。

宋问：你读过什么书？我说《唐诗三百首》。这几天我每天都要向不同的人回答这个问题，我本以为宋不会再问同样的话，这句业已陈旧的话从他的带有北京感觉的普通话中走出，像在春夏过渡的时候，一个熟人换了一身爽目的夏装，使你眼睛一亮，觉得又新奇又亲切。我于是愉快地回答:《唐诗三百首》。在我说出这句话的同时，我立刻感到，这个《唐诗三百首》与以前的《唐诗三百首》不是同一本书，这才是真正有意思的《唐诗三百首》。

宋又问：你喜欢那里面的什么诗呢？这是一个完全不同的十分新鲜的问题，这种新鲜正是我兴奋地期待着的。我立即说:《行路难》。我同时又觉得有点儿心虚，因为我喜欢的只是这个题目，一个少女发愁地想：行路是多么艰难啊！难于上青天，她的理解就是这样，以她的古文底子，只能生吞活剥个大概，但她喜欢这个题目，认为这三个字既悲壮又英勇，很符合她的心境。宋说:哦，这是李白的名篇，让我背给你听。

我猝不及防地就被带进了崎岖的境地，我生怕他接下去还要与我讨论深奥的问题。我紧张而努力地倾听他的背诵，佶屈聱牙的诗句像一片乱石丛生的洞穴，宋的声音就是一粒幽微的火花，它被那些我听不懂的字词所摇曳，在一团黑暗中闪闪烁烁，我跟在宋的身后，止步不前。

他问：我背的差不离吧？

我盲目地点点头。

他又问：基本上没错吧？

我点点头然后老实地说：我没听出来。

他兴奋起来问：你还喜欢什么诗？白居易的《长恨歌》你喜欢吗？

我仍盲目地点头。宋说：这个我更熟一点儿。他就流利地、抑扬顿挫地背诵起来，我懵懂地听着，某些熟悉的词句在我的混沌中闪过，像星星点点的烛火。接着他又背了《琵琶行》等，兴致很好。

后来他问我是否喜欢外国诗歌，我说我不知道外国诗歌是怎样的，我从未读过。他说你一定要读一些外国诗歌，不然太可惜了。他说我向你介绍一位俄罗斯诗人，叫普希金，他的诗非常好，我给你朗诵他的《致大海》。

这个题目使宋的目光一下变得深远起来，好像有一种力量，把他推到了大海的边上，他的眼睛看到的是另一些事物，而不是我。

我听见他用一种不同寻常的声音诵出那些奇妙的句子。

再见吧，自由的元素！

这是你最后一次在我的眼前

滚动着蔚蓝色的波涛

和闪耀着骄傲的美色。

好像是朋友的忧郁的怨诉，

好像是他在别离时的呼唤，

我现在最后一次倾听

你悲哀的喧响，你召唤的喧响。

…………

这些平白的句子犹如坦途，令我从崎岖的洞穴一下走进空阔的岸边，那里有海和风，美的元素。宋的声音造成了另一个空间，我不由自主地步入其中。

我第一次知道，外国诗是这样的，又明白，又深情。宋不会知道，在那个时刻，他站在了启蒙者的位置，在以后的所有日子中，每当遇到启蒙者这个词，宋的格子短袖衬衣就会在我的眼前飘动。

宋念过了诗，又说了一些鼓励的话，在适当的时间得体地离开了。N城的其他事情蜂拥而来，像波浪一样掩盖了面前的事情，对于与宋的见面所埋下的伏笔我一无所知。

回到B镇，N城之行像梦一样地消散了，在六月晴朗的天空中，关于考试上大学的消息如雷声滚滚，由远而近，越来越真切。

多年以后，多米从外省来到北京当记者，住在一位终身不嫁的老处女家里。那时她刚刚从一场失败的爱情中挣扎出来，远走他乡就是为了忘记过去的一切。多米在京城谁也不认识，她漠然而孤独地出现在不同的会议和陌生的人流中，她从不涉足社交场合，星期六和星期日，总是跟老处女（她称她为老师）两人在幽暗的室内对坐。她们总是把窗帘放下，这两个人同样不适应强烈的光线。

就是在这个时候她想到应该写一部自己的长篇小说，这个念头像一朵清丽无比的大花穿过蒙蒙的雨夜来到她的窗前。

这肯定跟雨夜有关。雨夜肯定比明朗的夜晚有更深厚的内容。雨点敲击万物的声音使人不由得越来越深地陷入回忆。而这正是一部自己的长篇小说。

多米听见老师说：一下雨你就心事重重。

关于多米从外省到京城的曲折经历，梅琚从来没有问过她。

梅琚就是多米称为老师的那个女人。梅琚年龄在四十到五十之间，容貌美丽而冰冷，她终生未婚，身材保养得很好，乳房仍然坚挺，这使多米感到十分吃惊。

梅琚独自住着两居室，她所有的窗子都用一种蓝底白花的家织粗布做窗帘。无论白天还是夜晚，窗帘总是低垂，室内阴凉而幽暗。

镜子很多。

一进门正对着的墙上就是一面半边墙大的镜子，如同剧场后台的化妆室。

落地的穿衣镜。

梳妆镜。某个墙角放着巴掌宽的长条镜子。

你在室内的任何地方都会觉得背后有人盯着你。你在任何角落都会看到自己正站在对面。

在夏天，梅琚穿得非常少地坐在镜子前入定，她的脸上贴满了黄瓜皮或苹果皮，只露出一双恍惚而幽深的眼睛，就像一个女身的鬼魅端坐在房间里。

每当回到梅琚家，多米就觉得自己进入了一个超常的时空中，这是一个迷宫，又是众多幻象聚集的地方。有时梅琚终日不说一句话，她穿衣、梳头、描眉、吃简单的饭、上厕所、洗澡，一切都在无声地进行，就像梦游中，灵魂在千里之外，多年之前。

多米想，梅琚也许正是在回忆往事，她沉浸在镜子里头，镜子犹如一扇奇异而窄长的门，遁门而入，可以到达另一层时空。

梅琚对镜而坐的时候对多米视而不见，多米生活在寂静而多镜的空间，久而久之，她发现，每当她回到这里，回忆与往事就会从这个奇怪的居室的墙壁、角落、镜子的反光面和背面散发出来，它们薄薄地、灰色地从四处逸出，它们混乱地充塞在房间中，多米伸出手去抚摸它们，它们一经抚摸，立刻逃遁。

后来，多米学习梅琚，在漫长的夜晚，在梅琚分给她睡觉的小房间里对镜独坐。有时多米拉开抽屉，里面有一只年深日久的小圆镜，边缘用锡包裹着，放射出灰白暗淡的光泽，此外，小圆镜的大小形状跟一般的镜子没有什么区别，它使多米想起大学时代在王的上铺，在蚊帐里，自己枕头底下的小圆镜。

在那些日子，多米的整个大学时代都从这个圆镜中涌出，这是一个特定的出口，所有往事全都遁入这个小小的进口（或出口）里了。

这是多么的好！

多米发现，要从圆形的出口召唤往事，一定需要一个奇特的契机，这个契机是如此虚无缥缈难以捉摸，多米只有等待神祇。

在平静的日子里，抽屉总是关闭着。

在平静的日子里，多米面壁而坐，从镜子里逸出的往事从混乱到有序，在她面前排成一排，她伸出手抚摸它们，在某些时候，它们会十分乖巧地从中间闪出一条通道。新鲜的十九岁从这条通道大模大样地走出，多米一头迎上去，沉浸在夜晚的回忆中。

在那一年，十九岁，多米从 N 城回来，发现所有的知青都手执一书念念有词。高考制度恢复了，大学似乎变成了没有主人的大蛋糕，在不远处遥遥地散发出香味，谁跑得快谁就能吃上一口，而不是像以前那样，需要由别人做出决定。

就连最坚决的扎根派，在万人大会上铿锵地表过了决心的，也都请了病假回家复习功课了。还有那些根本没有希望的，一篇文章错字连篇的人，也都怀抱了希望，纷纷丢盔弃甲地逃回B镇。

带队干部大势已去，知青们全凭自己本领，不用别人置一词而尽得风流，于是在大家又纷纷赶回公社办理准考证的时候召集了一次知青大会，会上反复泼了大量冷水，说：你们不要抱什么希望，都不会录取的，别看你们在B镇觉得不错，到外面一比就不行了。某年有某人，在B镇门门功课考第一，出去一比，没有一门及格的（全体震惊）。

带队干部李同志正是这样说的，他穿着洗得发白的工作服，痛心疾首地站在我们的面前，你们要老老实实地走正道啊！他说。

多米最不怕的就是考试，在以往的日子里，考试总是使她自我感觉良好，那是她头脑清醒俯瞰众生的时刻，她曾经雄居在全县的男生之上，这使她自视甚高。又看了许多书，知道河外星系、太阳黑子、宇宙射线、黑洞等名词，在B镇的中学里，显得知识渊博。

高二的时候，有一个星期天，多米和另外两个男生来学校出墙报，休息的时候两个男生在黑板上比武，一个写道"送你三个神经元"，并故意念出声让多米听见。多米在自己的书桌前无声地看着，心里想：这有什么可炫耀的，我初二的时候就知道神经元了。

多米的中学时代是锐不可当的时期，教过她的老师不是特别宠她就是有些怕她，宠她的老师在提出最难的问题时总是注视她，而怕她的老师在她提出疑难时从不认为她是真心的。那个年轻的数学老师从来就是以回应挑战的态度来解答多米的问题，她边说话边冷冷地观察多米的表情，她一定在想：看，你还是没有把我难倒！

除了不得入团外，多米的中学时代一切皆好。那是多米一生中的黄金季节，这层金黄色的亮光一直照耀到十九岁，它永远也不会回来了。与之相比，以后所有一切都显得如此暗淡。

多米插队不到一年，就被抽到大队学校当统筹性质的教师（这跟民办教师有些不同，前者在生产队拿工分，后者领工资），大队学校设着小学五个班，初中四个班，高中两个班，多米被指定任教的课程有：初中一年级的语文和英语，初中二年级的数学，高中一年级的新闻写作，高中二年级的化学。这是在同一个学期里的任课科目，此外还写诗。

因此多米有理由认为自己长了三头六臂，认为自己无所不能。她想，在B镇，要是连她都考不上，那就没有别人了。

在十九岁以前，多米总是梦想着在社会中取得成功，诗歌只是她的一样工具。现在她发现这件工具已经陈旧了，她随手就把它丢弃在一旁，她心中幻想的另一样利器闪闪发光地出现在了她的眼前，她欣喜若狂地捡起了它。

考试就是她改变环境的利器。

多米曾经有一种荒谬的想法，认为只有科学，才是真正高尚的事业。小时候，仰望夏天的星空，多米就对别人说，她长大要当天文学家。在高中二年级的寒假，多米明知过半年就要去插队，她还是用这最后的假期用功，自学一本自己从书店买来的高等数学。

多米现在已经明白，她一心想要当的就是科学家，一名女科学家正是她的毕生奋斗目标。她肯定是要报考理科的，既然她在大队学校里已经教过数学和化学，那她只要复习一下物理就行了。

于是，多米不留任何后路地离开了大队学校，回到B镇复习功课了。

有一句话是怎么说的？

命运在这里拐了一个弯。

回到B镇的第三天傍晚，多米从学校的复习班回来，她看到母亲奇怪地紧皱着眉头。

母亲说：N城来了人，电影厂的，住在县二招，让我晚上把你带去。

多米说：什么事？我还要复习呢！

母亲说：不用复习了，说是让你去电影厂。

天上掉下馅饼的事真的发生了！多米站在B镇家中阴暗的房间里，看到金光一闪，金光闪处有一个声音说：让你去电影厂。

让你去电影厂，让你去电影厂，刹那间，多米耳朵里一时听不见别的声音，只有这句话从天而降，落在她的头顶，如同波浪扩展到整个房间，又从房间的四周，凝缩回她的心。

在偏僻的B镇，一个少女梦想成真，一只金色的小鸟在啼叫，落在了她的肩头。一个超级影迷，一个视电影为天国的少女，在一个傍晚被告知，她将到电影厂去了，从今以后，看电影就是她的工作了，多米想，只要她去成了电影制片厂，哪怕马上就死了，这一生也不枉走一趟了。

多米问：我去干什么呢？

母亲心烦意乱地说：我正心乱着呢，那同志给你带来了一封信，晚上你自己看吧。

晚上多米换上了最干净的衣服跟母亲到二招去，她的头脑又紧张又活跃，常常跳到自己的对面，看到一个又黑又瘦、头上扎着两根辫子、神情严肃得可笑的小姑娘，她将要到电影厂去吗？她将跟电影的哪一点发生关系呢？

果然有一个身材高大的人在二招等着，他远远就看到了母亲身后的小姑娘，母亲在白天就已经见过了面，母亲说要尊重女儿的意愿，来人见到这个女孩是如此的瘦小，不知是失望还是吃惊，他跟她正规地握握手，并不热情，但十分负责地拿出电影厂的介绍信给多米看，多米望到那个鲜红的印，知道这是一件严肃而真实的事，既不是梦也不是玩笑。

来人说他姓张，是电影厂人事科的干部，他带来了一封宋编剧的信，全部情况都写在上面了。

多米便看信。

张跟她的母亲说话，他说：她真年轻啊！母亲说：她才十九岁。张说：我们了解到她只有十九岁。

张跟多米说普通话，跟母亲却说一种接近B镇话的粤语。多米不知道张为什么把她看成是必须用普通话与之交谈的人，或许是已把她看成是未来的同事？

宋的字迹很好认，在文联大院的那次见面，宋在多米的稿纸上默写过那首《致大海》，这首诗连同宋的字迹被多米读过许多遍。

宋的信立即将那次海市蜃楼般的N城之行唤回到了多米的跟前。一九七七年，新鲜的机遇来临，造就了这个健忘的少女还不到一个月的事情，就被高考的临战状态掩盖住了，多米想，她怎么就把宋忘记了呢？宋是多么富有诗意（读诗抑扬顿挫就是富有诗意）的一个人啊！

宋在信中说，电影厂目前刚刚由译制厂改为故事片厂，需要编剧人才；根据他和多米的接触，并看了她的诗作，他认为多米形象思维能力强，有良好的禀赋，具备了培养的基础，所以特地请人事科的同志来征求她的意见，如果多米愿意到电影厂当编剧，则要放弃高考，来厂之后，先不给创作任务，而是在老同志的指导下，读书，读大量的文学经典著作，并一起下去深入生活，几年后再练习写剧本。若万一培养不出来，也不会退回原处，还可以当编辑或从事其他合适的工作。宋说他是编剧组组长，工作由他安排，以上各点，由他负责兑现。

多米兴奋地想，这有什么可犹豫的呢？当科学家是理想，搞电影却是梦境啊！不用说这是一扇金光闪闪的大门，汇聚了梦和天堂的地方。多米这个凭直觉行动的孩子，任何重大的事情都不会使她慎重考虑，她眼睛都不眨就做出了决定，她当场表示，愿去电影厂，放弃高考。

张同志大大地松了一口气，说：你回去再考虑考虑，跟你父母商量商量。

多米一路上腾云驾雾地回家，她脑子里的电影蜂拥而至，从《小铃铛》《花儿朵朵》到《西哈努克亲王》，已经消逝的电影犹如一些缤纷的花瓣竞相闪光，她被这些炫目的闪光簇拥到半空。

第二天，张同志让多米写了一个自传。第三天，张同志带着多米的自传回 N 城了。

在 B 镇，谁最自由而快乐？

多米。

整个天空都布满着那个巨大的消息：一个十九岁的少女将要去当电影编剧了！

这个即将乘风而去的少女就是多米！这是上帝那么宠爱的孩子，在这个非常的时期，全国十年积下来的年轻人，成千上万的年轻人都要命中注定地走过一条独木桥，他们秣马厉兵，日夜用功，头悬梁，锥刺股，他们要拼尽自己的一点点力气，以便从荒凉遥远的地方回到自己生长的城市。所有有志的青年，不管城市的还是农村的，三十四岁还是十六岁，只要还有一点点志气，只要还抱有一丝希望，就全都在拼命。

在 G 省那个边远的小镇上，却有一个少女，得着了上天的恩宠，她的面前忽然出现了一道彩虹桥，横跨了整个天空，一个声音对她说：你从这彩虹上走过去吧，这是特地为你架设的。

这多么像一个童话！

这个童话却是真的。多米不用复习了，她把扔得到处都是的紧俏的复习材料送人，白天里看看闲书，到文化馆看报纸，馆里的创作干部对她探头探脑。晚上则去看戏看电影，看了电影《风暴》，又看了粤剧《十五贯》，面对陌生的历史，多米觉得有点心虚，她懵懵懂懂地明白着：她要担负的将是一个任重而道远的工作。她顿时感到了崇高和伟大。她被这崇高和伟大托举着，越过了黑压压的人群。她开始骄傲地想：我一定要写一部最好的电影，让所有的人都来看。

多米志得意满地在B镇的两个十字街口走过，有关多米幼年丧父、艰难玉成的传说在B镇人的嘴边悬挂着。多米母校的校长说：一个十九岁的编剧恐怕在全国都少有。他又说：多米可以算得上解放以来我校最有出息的优秀学生。

这个十九岁的少女在B镇的上空轻飘飘地游逛着，她不知道，命运狰狞的面孔已在不远处隐隐地窥视着，很快就要伸出它的脸来了。

一个人是不可以太得意的。太得意了就会有一支神枪，一枪把你打下来，像一只飞得太高的风筝，啪地掉在地上。

十九岁的少女对此一无所知。

一无所知。

离高考的日子只有十多天了，多米忽然无端地感到有些恐慌。日后证明，这恐慌正是冥冥之中的某种暗示，多米敏感地捕捉到了，她忽然决定：她将参加考试。

多米没有意识到这将是她一生中一个最重要的决定，如果她没有突发奇想去考试，当日后的深渊张开它的大嘴的时候，她将无处可逃。她没有想到，她考上的学校就是她的奔逃之处，而不是像她事前轻松地想的：既然我实力雄厚，为什么不试试呢？多米想，如果她参加考试，在B县，无疑不是第一名就是第二名。

于是她骄傲地向所有的人宣布，她将参加高考，她轻佻地对人说：我考上了也是不会去的，我只是试试自己的实力。

她只有十天的时间了，她只好改理科为文科。她重新弄来一套复习材料，平均每两天复习一门功课，她奇迹般地从浮躁之中冲了出来，静下了心，她用心将复习材料细细看一遍，她发现只此一遍就基本记住了（中学时代过目成诵的优点仍然残存在她身上），她轻松地再看了一遍，然后就很有把握地对自己说：虽然只有十天时间，但我会考得很好。

多米就这样怀着考上了不去的轻松心情走进了考场。考场设在公社，上午考数学，下午考语文，监考的老师总是从多米身边走过，站在她的身后。这是一个多米很熟悉的位置，从小学到高中，总是有老师在她的身后伫立。对多米而言，考试犹如舞蹈比赛，越是有人看就越能出彩。监考老师在她身后一站，多米文思如泉，灵活柔软的文字从她的钢笔跳动倾泻而下，一篇论说文干干净净地降落在卷面上。

监考老师忍不住告诉她：你是这个考场中最出色的。

这时候，多米的母亲却来了，特意从B镇赶到公社，告诉多米，电影厂的张同志又来了，让她通知多米，不必考试了，电影厂肯定是要她的，这次他来就是来补充政审材料和调查社会关系的，因为是调一个创作干部，所以厂里比较慎重，张同志要到大队和公社跑一趟，很快就到了。

母亲说：我担心你心乱考不好，特意来告诉你，你要坚持考完试。

多米听了越发把考试当成得心应手的游戏。她对母亲说：横竖还有两门，考完就是，很容易的。第二天考的是政治和历史地理，多米在卷子上龙飞凤舞，觉得十分畅快。

考完试后，多米就不回生产队和学校了，整天在家，玩玩睡睡，不干家务，只看闲书，等同学来找她玩。

过了半个月，滞留在B镇的知青都被劝回生产队出工了，带队干部重新投入工作，重新召集会议，将说过的话重又说一遍，关键词是：安心劳动，能考取的人是极少的。

过了一个月，B镇变得更加空茫了，多米晚饭后走在大街上，发现再也没有了同龄人的熟悉面孔。没有了年轻人的街道显得寂寥、空洞，并且透着某种不安的气息。这不安的气息随着日复一日的等待而日益浓重。B镇的上空十分寂静，没有任何消息，没有任何预兆。

到底会发生什么事情呢?

多米给宋写了一封信,询问去厂的事情。

宋尽责地复了一封信,说多米抄袭的事情已被人揭发了出来,这种事在文人中是很被看不起的,虽然只是一首诗,但性质却变了,去厂的事已经没有了可能。最后祝愿多米顺利考上大学。

几乎同时,《N城文艺》的信也到了,那是一封充满了安抚、充盈着刘的仁慈的信。多米躲在这封信中,羞愧万分。

B镇的人立刻就知道了这件事,世界上再也没有别的事比这更让人痛快淋漓的了,好比男女通奸,被人抓了个正着,好比贼偷钱包被当场抓获,这是多么令人兴奋,多么富有戏剧性。现在,一个骄傲狂妄的少女,曾经不可思议的幸运,像是一个吹足了气的鲜艳的气球,飞到了很高的地方,大家都仰着头看,突然啪的一下,气球破了,大家十分开心。那个少女,原来竟是一个文抄公,青春容颜的后面,是一张皱巴巴的脸,这真是一个极新鲜极有趣的新闻。

女主角坐在黑暗的后台,既不开灯,也不说话,她龟缩在角落里,黑暗中有无数的眼睛,它们凑得很近,一伸手就能抓到一大把,不伸手它们也会滴落在她的头上衣服上。

她在角落里一直坐下去,直到现在。

事隔多年，我有些想不起来我当时的样子了，那个想不起来的、没有反应、不留记忆的阶段就是麻木。我听不见任何别的声音，除了那两个可怕的字，看不见任何别的事物，曾经跃动闪耀的电影画面消退成一片灰白。我既不饿又不渴，既不累也不困。我不明白为什么会这样，仿佛被一种力量置放到一只硕大的真空玻璃瓶里，瓶外的景致在无声流动，我既听不见，也看不到。在真空的瓶子里，只有一片干净柔软的羽毛静止在我的面前，那就是刘主编仁慈的声音。

在我麻木的上空呼啸而过的，是整个B镇的幸灾乐祸，连不识字的老太太也知道我干了坏事，连不相干的隔着年级和班级的同学，也在传说我要自杀。好朋友们受到了嘲笑（因为她们曾经以我为骄傲），夜里做了恐怖的梦，梦见死去的我，她们将那不知来自什么地方的恐怖告诉我，她们哭了起来，我十分麻木地看着她们。有几个写作的文友也来看望我，他们只字不提诗的事，他们小心绕开那个危险的地方，关于我去不了电影厂，他们向我解释说，他们都知道是因为我母亲的海外关系才政审不过关的，他们说完这话之后才坦然地望我。

所有的光荣和梦想，一切的辉煌全都坠入了深渊，从那时起直到现在，我还是没有从阴影中升脱出来，我的智力肯定已经受到了损伤，精神也已七零八落，永远失却了十九岁以前的那种完整、坚定以及一往无前。

青春期在十九岁那年骤然降下了大幕，灰暗、粗糙、密不透风的大幕，从不可知的远方呼啸而来，砰的一声就挡在了面前，往昔的日子和繁茂的气息再也看不到了。

事发之后我在家里呆坐了三天，然后独自回生产队上工了。

当时已是初冬，一路上的绿色十分陈旧，冷风从裤腿一直灌上来。我已经不能回到大队学校去教书了，因为我擅自离开了那里，我理所当然地吃下了我不计后果的后果。

我只有回到生产队去。在冬天，田里没有活，青壮年全都去修水利。我挑着很重的塘泥，在麻木中隐隐感到，我的一生就此完了，属于我的路已完全堵死，我知道，我的路只有两条，一是写作，一是上大学，前者已经由我自己竖起了无法逾越的障碍，后者仍然要政审，我永远也不会有良好的品行鉴定了（后来证明，我的政审材料确实极差，好在招生的人到《N城文艺》了解过情况），我一点都不知道以后将怎么办。

十九岁，奇迹在那一年的年末最后一次降临，一家著名大学的录取通知书自天而降，我漫不经心填写的第一志愿图书馆学系录取了我。

我得救了。

母校的老师告诉我母亲，我的高考成绩在B县是全县第二名。

那是恢复高考制度后的第一次招生，B镇时有捷报传来，从名牌大学到一般大学，从大专、中专到中等技术学校，总是有人收到录取通知书，家长带着孩子，到处分发喜悦的糖果，整个B镇喜气洋洋，就像过年一样，事实上也快要过年了。

我没有请人吃糖。我日后的所有喜事也都没有此举，所有的喜事都不能唤起我的真正快乐，自然也就没有请人吃糖的心情。也许在我十九岁那年，就已经把一切喜气洋洋看透了，它的背面是物极必反，是祸之所伏。

我在一个阴沉的日子独自回生产队收拾行李，集体户空无一人，他们都回家过年了，时代已经提供了别的道路，没有谁需要表现自己革命了。我收拾好简单的行李，跟住得最近的一位老人道了别（按照常规应该跟队干部道别），头也不回地离开了插队的地方。我骑着车，心里跟冬天萧索的道路一样灰暗。

我没有在B镇和家人一起过年，一个人跑到另一个县的叔叔家，过完年不久，我就提前到W大学报到去了，在那里，足足等了半个月才开学。

当时我有一个预感（也许是变形的誓言），我想十年之后我还会重返电影厂的，尽管我学的是图书馆学专业，我对是否能搞电影毫无把握，但这个念头十分鲜明地竖立在我的眼前。

十年之后，我正式办理了到电影厂文学部的手续。我原来的单位是N城图书馆，这样一次大的调动，大的转折（使我离开了难以忍受的专业，实现了早年的梦想），这样一件大事，我几乎没有做出任何努力。图书馆的同事是当时电影厂副厂长的夫人，我跟她素无交往，有一天她忽然来问我，想不想到电影厂去，于是我与其他人一起去面试，两个月之内我就借调到电影厂文学部去了。

如此顺利的过程就像有神助，这使我闪电般地记起了十年前的预感（我本来已经把它忘记了），我想，这是上帝的奖赏。当时的N城电影厂正是它的鼎盛时期，中国的第一部探索片就是从那里出来的，它在偏远的C省是最令人瞩目的文化单位，它的衰落是后来的事情。

在那个阴沉的冬天，我独自从生产队回B镇，在空旷无人的马路上，我听见自己的预感在说：十年，十年。在我当时看来，十年是一个极其漫长、永无尽头的时间。当时我以为，三十岁就是老年，四十岁就会死去，十年就是一生，我说出这个重若千钧的十年，同时觉得，这已是一种磨难的极限。

当然我很快就把它忘了，我的被严重挫伤的精神无法支撑这样一个严肃的誓言，这个誓言一经被我发出，就变成了一样独立的东西，它离开我脆弱的躯体，跑得无影无踪。十年来，我没有做过任何跟电影有关的事情，除了看电影。当年的恩师宋、刘二位也已杳无音讯，物是人非。

十年了，我的誓言忽然从一个神秘的地方跑出来，变成了现实。

为了证实我确实在十年前发过这个愿，我从尘封的箱子里找出了当年的日记，我确实看到了那句话。

那一刻，我指尖冰冷，从神经的末梢感到了一种神秘的力量，它变作了一阵风，从不可知的地方，直抵我的指尖。

多米，我们到底是谁？

我们来自何处？又要向何处去呢？

我们会是一个被虚构的人吗？

我常常遐想，深夜里的河流就是冥府的入口处，在深夜的某一个时刻，那里汇集了种种神秘的事物，在某些时刻，我会到那里，等待我存在的真相，我不止一次地听见一个声音对我说：你是被虚构的。

多米，做一个被虚构的孩子是多么幸福，虚构的孩子就是神的孩子，一个晶莹的咒语从我们的内心发出，十年之后准时地降落在我们的头上，这是多么完美的虚构，神用意念轻轻一点，就完成了我们。

除此以外，我无法解释我生活中出现的这些事实。

去电影厂的那年，正好是二十九岁，我出生在一月份，办手续的日子也在一月份，这真是一个十分精确的计算。

　　我想起在这之前的一年，二十八岁时发生的一件事，我终于明白了那件事情的真正含义。

　　当时我在N城，在省图书馆当分类员，独身住在一个公园尽头的一排破败的平房里。那段时间我空虚无聊，没有爱情，也没有朋友，在亚热带漫长的傍晚无所事事，既不愿闷在蒸笼似的房间里，又不好意思单独散步（如果那样，所有的人都会觉得你神经有毛病），我唯一能做而且愿意做的事情就是骑着自行车漫游N城。

　　夏天穿裙，冬天穿风衣。骑车穿过N城最宽阔的处所——七一广场，我从大下坡放闸飞行，人与车飞快地坠落，裙子下摆高高飘起，一旦冲下广场，立即有八面来风将人托起，身轻如燕，这是一天中唯一能摆脱于平凡生活的时刻，人脱离着常态，不知身在何处。我在N城生活了八年，八年来，我骑车漫游（如同梦游一样）的身影重叠在N城的大街小巷。

　　我二十八岁的那年，有一个夏夜，我骑车到了河堤大街，我看到一幢十分熟悉的房屋正开着门，门口有几只白色的鸽子，我不由自主地朝它们走去。

　　我不知为什么一直走到了房子的深处，那里亮着一盏灯，我听见一个声音说：进来吧，我知道你迟早要来的。我看清眼前坐着一位十分奇怪的妇人，容貌美丽，气质不凡，这使我十分吃惊。平庸的 N 城怎么会有这样一位女人呢？

她说：你终于来了。她的声音像流水一样十分好听。

我一时不知应对。

她说：你是不是准备买相机？

我说：是。

她又问：你准备买什么牌子的呢？

我答道：海鸥 DF-1。

她笑笑说：我这里有一台旧相机，你可以看看。

她走进内室，捧出一个木盒子，里面用一块绿色天鹅绒包裹着一台相机。她小心珍爱地把相机捧在手里给我看。

那是一台一眼就能看出它的年深日久但仍不同凡响的高级相机，它在她白皙的手掌中散发着幽蓝的光芒，显示着某种神秘的灵性。

我发现它有一种震慑力，使我不敢轻易触碰它。

老夫人语调平缓地说：这不是一般的相机，虽然年深日久，但它具有一项超凡的功能。

她看了我一眼说：它能预测人的命运，年代可以随意调节，五年、十年，直到一百年，它会给你提供未来岁月的人或物的清晰图像。

我完全被震住了，一股冷气从我的头顶穿过我的心脏直灌我的脚心。

我听见老夫人说：当然，这个秘密你不能泄露，一旦泄露，立即失灵。同时，它只对它的主人开启这项功能，现在你还不是它的主人，你无法试用它。

我天生对神秘的事物有浓厚的兴趣，当她问我是否喜欢这台相机时，我不假思索地说了喜欢。

我又问：它十分昂贵吗？

老夫人肯定地说：十分昂贵。

我说：那我买不起了。

她同样肯定地说：你买得起，只要你愿意。

我脱口而出说：当然愿意。

她微笑地看我，说：是吗？

我急切地等着她开价。

她便说：我不需要你付钱，我只要你一年的青春。

我说：我已经二十八岁了。

她说：我只要你二十九岁那年的时间，如果你买下我的相机，你就将永远没有二十九岁了，你今年二十八岁，明年就是三十岁。

我陷入这一奇怪的交换中，一时没有说话。

她继续说：丧失一个二十九岁并不算什么，三十岁并不比二十九岁在外貌上有太大变化。

我问：你为什么一定要我的二十九岁呢？别的时间不可以吗？

老夫人高深莫测地说：不可以。

从十九岁那年起，我就认定，"九"是我的幸运数字，那些奇迹般的好运统统降落在十九岁，二十岁以后的岁月又如此黯淡漫长，这使我怀着全部的希望等待我的二十九岁的到来，我坚信，到了二十九岁，一切就会改变的。

二十九岁是我珍藏在心底的一颗珍珠，我怎么能把它轻易出卖呢。我想，二十九岁一定有着重要的意义，否则老夫人是不会看中它的。

老夫人郑重地说：多米你看着我，回答我的问题，你希望成为女先知，还是希望获得现世的成功？

我说：两者我都要。

老夫人说：人不可以太贪婪。

我说：那我要现世的成功。

老夫人沉吟了一下，说：我明白了，你已决定放弃这台相机。多米，我很遗憾，你本来可以看见永恒，但你正在失去这唯一的机会。

我心有所动地对老夫人说：你是否能更改一下您的卖价，我可以给你二十九岁之外的任何两年或者三年的时间。

老夫人斩钉截铁地说：这是不可能的。她说：你可以走了。

我面对失去的珍宝优柔寡断地问道：我能否考虑一天，明天晚上再把最后的决定告诉你？

老夫人说：你已经做出过放弃的决定了，这就不可挽回了，一个不能够不顾一切地要下这台相机的人是不能成为它的主人的。

她说：你还是走吧，以后你也不要再来了，你不会再找到这所房子的。

我跨出这所房子，回头看时，那灯光已经熄灭了。

后来我曾多次骑车到河堤路，从它的开端走到它的末端，确实再也没有看到这所房子。

时至今日，我终于明白二十九岁对我的意义时，我常常想，假如当初我以二十九岁作为代价要下了那台先知相机，我是否还会有调到电影厂的可能呢？二十九岁的所有运气是否也会因为这一年的转让而不再降落到我的头上呢？是否我的命运轨迹会永远地不可逆转地成为另一种样子呢？

我想这是完全可能的。

第三章　漫游

出逃是一道深渊，在路上是一道深渊。女人是一道深渊，男人是一道深渊。故乡是一道深渊，异地是一道深渊。路的尽头是一道永远的深渊。

那一年我从N城出发，先到武汉，从武汉坐船经三峡到重庆，乘火车到成都，从成都到峨眉县，上峨眉山，之后从成都到贵阳，从贵阳到六盘水，再搭货车到云南文山，经麻栗坡、富宁到百色，从百色回N城。

这是我此生的一次壮举。

我独自一人，自始至终。我意识到，再也没有比一个年轻女人独自到一个遥远陌生的地方去更危险、更需要勇气的了。一次又一次地从严肃和不太严肃的报纸上看到，一些女研究生和女大学生在并不偏僻的地方被人轻而易举地就拐卖到农村给人当老婆的消息,甚至在省会,独身的年轻女子走出火车站,守候在站前的人贩子一眼就会把她们认出来,人贩子们在拐卖生涯中练就了一双火眼金睛,如簧巧舌,他们热情地把单身女子骗上了一辆据说是开往国营旅馆的车。这车驶离了热闹的市区,它呼呼地开,越来越快,越开路越黑,单身女子感到了异样,汽车就像行进中的黑洞,她莫名其妙地掉了进去。她喊道:我要下车!但她没有听见自己的声音,她竭力想看清楚同坐在车厢里的拐骗者,她看不清那人的脸,只感到有一道阴险的目光像猫一样蹲在那里。很久才有一辆汽车迎面开过来,独身女子借着车灯的光亮看到角落里的女人长着一张可疑的狐狸脸,在她看到她的一瞬间,狐狸脸把手伸了过来,这是一只跟她的脸一样大的手,就像是拍摄造成的变形。这手朝独自出行的女子做着一个古怪的手势,如同一个凶兆悬挂在暧昧的车厢里。

她们来到一个奇怪的地方,周围没有树,四处长着同一形状的石山,此地的石山一律高大、肉色、形似圆柱、顶呈半球状。独身出行的女子从汽车里出来,她听见一声阴险的咳嗽声,身后的汽车和狐狸脸顷刻之间就消失不见了。

受过大学教育的女子竭力要从此地的地貌特征弄清自己身在何处,这林立的石山使她最先想起"石林"这个词,但这整齐划一的肉色圆柱状否定了石林的可能。独身出行的女子回忆各种科教片、风光片、异国翻译的电视剧、明信片等等，她越来越搞不清楚这是不是一个真实的地方。这时她听见一个老女人的声音说：这是真的，不信你掐掐自己的手。满脸皱纹的女人说完这话后同样消失不见了。天上的云开始迅速聚拢，成为一个巨大的女人的嘴唇，鲜红的颜色在天上散发着魅人的肉感，在这唇形的云后面，是依然纯蓝的天空。肉柱形的石山中有一个最高最大的石柱，它在越来越低的唇形之中显得充满动感，它们越来越接近，伴随着一声荡人心魄的叫喊，她看见肉柱的石山进入了鲜红的唇形云之中，她感到有一阵热气从那朵云的处所散发出来。

与此同时，她发现了火把，它们像是在肉柱形的石山藏匿已久，那一声荡人心魄的叫喊如同一道号令，它们瞬间就从藏匿的石山后面走了出来。它们闪闪烁烁地跳动，一步一步地向她走近。她环视周围，看到火把已围成了一个圆圈。她听见那个老女人的声音说：你再也跑不掉了。

四面的火把发出嗡嗡的声音，那是男人的、雄性的声响，如同肉形圆柱山一样同属一个体系。他们稳稳地走向她，火把上蒸发着黑烟，一种强烈的气味弥漫在空气中，这些气味穿过她的身体，使她感到了威胁。很快她就看到了火把后面的眼睛，这些眼睛既像男人又像狼，它们与火把合谋剥光了她身上的衣服，她的风衣、衬衫、乳罩，像大小不等的鸟儿在她头顶的空中盲目地乱飞。

环圈中有一个火把走了出来，火把后面的脸老而丑，他把火把放近她长及腰际的长发，头发嗞嗞地烧起来，发出浓烈的焦油味，那男人说：我来救你。他用手在她的头发上一捋，火苗立即沿着他的手走进了他的身体。他的身体随即鼓胀坚硬起来，他把她放倒在地，用他的身体挤压她，进入她。无数火把在周围燃烧，发出耀眼的亮光。她感到她身上的水分被火把的亮光迅速蒸发，她越来越轻、越来越干、越来越薄、越来越透明。她又轻又薄又透明地升上了天空，她恐怖地看到自己的身形张开着像风筝一样悬浮在她躺着的上空，就像在某部恐怖的科幻片中所看到的那样，被囚禁在二维的平面里，永不能返回。

这是一个想象还是一个噩梦？

在那次漫长而曲折的单身旅途中，这个噩梦般的意象不时地从我的心里升起，升到我的眼前和头顶，弥漫成一种莫测的气息，使我越发感到，这是一个真实的危险，这个真实的危险就在前面不远的地方，它就像一个无法预测的陷阱，隐藏在脚下将要到达的每一寸草丛下。

我越是害怕它它就越有诱惑力，危险从来就是美女，就是美女蛇，它的力量在看不见的地方，极大地激起着我们生命的知觉。

那一年，在长江的江轮上事情轻而易举地就发生了，那几乎是我自己招来的。在前半截旅途中，我好大喜功，每逢有跟我搭话的人，不管男女老少，我总抢着告诉人家，我独自一人自费漫游。我把自己看成了一个奇女子，我希望别人也这样看我，我希望当我说出"只身一人"这个伟大而英勇的字眼时，别人会惊呼一声：你真了不起！在我的童年时期，我就幻想着长大以后拥有一份有声有色的冒险生涯，B镇平淡的日子和漫长的午后和夜晚给我提供了充足的养料，我一次次想象着英雄的业绩和伟大的成就。为了锻炼自己的意志和勇气，我无师自通地训练自己，我强迫自己从两米高的平台上往下跳，把手伸到极烫的水中坚持尽可能长的时间。这些细节我已经给过我小说中的人物了，这时我想起纳博科夫的一段话："我经常注意到，在我把我过去的某件珍贵的东西赋予我小说中的人物之后，它在我如此唐突地安置了它的人工世界里会消瘦下去。尽管它仍旧萦绕在我的脑际，它属于个人的温暖，它回忆的感召力已经消失，而顷刻之间，它就紧密地与我的小说一致起来，更胜于同我往日的自我一致，在往昔它们似乎绝不会受到艺术家的入侵。房宅在我的记忆里无声碎裂，如在昔日的默片中一样。而我旧时的法语女教师，我曾把她借给我书中的一个男孩，她的肖像在迅速枯萎，既然她已陷到对一段完全与我自己的童年无关的童年的描述。"现在，我努力挽救这些消瘦了的细节，把它们拉回我的体内。大学快毕业的时候我就做好了计划，我决定终身不结婚，摒弃一切物质享受，我将过最简朴的生活，把钱省下来做路费，游历全中国。

我怀着这个隐秘的理想被分配到了N城图书馆，一报到我就领到了一个月的工资，我除了交伙食费、买书及日常开支，剩下的钱就全存起来。大学毕业的当年，我就开始实行我的计划。我利用探亲假的时间，开始时国家规定的单身职工探亲假是十二天，后来改为二十天，就是给我回B镇看望父母的。我一年到头不回家，甚至在春节这样的专门用来阖家团圆的节日也不回去，我有时会连着两三个春节不回家。我给母亲写信说，我要利用过节这段完整的时间读书写作，总而言之要想有所成就要有所牺牲。我摆出一副殉道者的面孔，实际上这只是一个借口，我用它来掩盖我对故乡、家庭和亲情的冷漠。

在很长的时间里，我对家、母亲、故乡这样的字眼毫不动心，我甚至不能理解别人思乡文章的深情厚谊，我不知道我为什么会如此冷漠，到底是天生的，还是后天长成的。在我的心目中，学校永远比家庭好，我最不喜欢星期天，最怕放假，在这些不需要到学校去的日子里，我总是感到十分难熬。学校是我的自由世界，而家庭却是牢狱。这种与别人相反的感觉是怎样得来的呢？我常常幻想着有一所永远没有星期天、永远没有寒暑假的学校，幻想着一个人一辈子永远在校读书。后来我知道每个人高中毕业都要去农村，这使我有点失望，但一想到去农村就可以离开家庭，我很快又高兴起来。我天生能适应艰苦的环境，能过清苦的日子，当然这并不等于说，现在我乐意回到插队的日子，插队的两年多时间没有给我留下太多的痕迹，如果我不说，别人会想不到这段经历，我从来不说也从来不写插队的生活，我从来认为，那是我当时的最好去处。

我曾经说过，我小时候十分害怕我的母亲，只要她在房间里我就不进去，如果我在房间里她进来了，我就连忙溜出来。这种害怕既不是畏惧，也没有导致仇恨，而是一种十分奇怪的不自在的感觉。我从不主动跟母亲说话，除了要钱，她跟我说话我也不太搭理，我直到三十岁才开始懂事，知道要爱母亲，母亲养我这样的女儿真是太亏了。我在写信（直到如今）或说话中总是避免"妈"这个字眼，不知为什么我会如此出奇地害怕这个字，觉得说不出口似的。我想起插队第二年的时候，有一天中午，母亲从B镇骑车三小时到生产队看我，看到她我迟疑了一下，说：来了。母亲很不高兴，她说你连妈都不叫一声，有你这样的吗？光干巴巴地说"来了"。

我害怕母亲一定不是因为她对我粗暴，她是一个懂得科学育儿（这是她的本行）和能够严格要求子女的母亲，她只是不宠孩子，要让孩子艰苦朴素。现在想来，她没有任何地方值得我害怕，相反，她完全尽到了一个母亲应尽的一切责任。我小时候经常发高烧，在那些全身灼热的夜晚，我母亲总是彻夜不眠，她用酒精棉球一遍遍地擦我的额头，给我物理降温，酒精的芬芳弥漫在那些夜晚，它总是带着我母亲在孤独的黑夜中无助的脸庞出现在我的回忆中。我父亲在我三岁的时候就已去世，我长到十岁的时候，母亲就总是跟我说：什么事情都没人可商量。我想象在那些我发烧的夜晚，母亲一个独身女人，是如何六神无主、心急如焚地等待天亮。我猜想母亲当年拖了六年才再婚，一定是为了我，我父亲去世的那年她才二十四岁，她一直到三十岁才再婚，在她二十四岁到三十岁的美丽岁月里，曾经有一个姓杨的叔叔经常到我家里来，后来他不见了，听母亲的同事说杨叔叔的家庭成分是地主，母亲怕影响我的前途。我想这是真的。我还想起来，母亲再婚的时候确实跟我说过，她说你继父成分好，以后不会影响你的前途。她又说：家里还是要有个男人，这么多年，凡事没人可商量。当时我不懂这些，我只有十岁，我想：要人商量干什么？一切自己决定好了。

那一年是一九六九年，是备战的年月，城镇人口一律疏散，她跟继父商量的结果就是将我和弟弟送回另一个县的农村老家。我当时想，还不如不商量的好。他们叫来了我的同父异母的姐姐，让她把我和弟弟接回乡下，我们经过地区所在县玉林时，在姐姐的同学家吃了两顿饭，其中有一顿是十分好吃的炒米粉。那里还有一台织布机引起了我的注意，那是我第一次看到这种奇怪的机器。在逛大街时我母亲给我姐姐的五块钱（在当时是一笔巨款）被小偷偷走了，我姐姐首先想到的是千万不要把丢钱的事告诉妈。她找了熟人，让我们坐上了开往家乡县城的解放牌大卡车，那车汽油味很重，我吐得天翻地覆才到靠近老家的一个小镇。然后我们步行二十几里回到老家，开始了每顿吃很稀的稀粥和很咸的咸菜的日子。

那是我失学的日子，想起这段日子我心痛欲裂。起初我不知道我将失学了，我以为仅仅只是因为备战，母亲让我回老家暂时躲一躲，很快就会把我接回家的。在农村的叔叔家一安顿下来，我立即给母亲写信，信发出之后几天，我便每天到大队部等回信，我每天都去，但每天都是白等。我等了快一个月，母亲的信还是没有来，这时姐姐说：多米，你不要再等了，你妈既然结婚了，你就在老家过吧，叔叔是好心人，不会嫌你的。这番话使我意识到了问题的严重性，我隐约感到，我也许回不了B镇母亲的身边了。

回老家的日子是暑假的日子，秋天到来的时候学校就开学了，开学的日子永远是我的节日，我总是在开学之前的两三天就兴奋起来，心情轻松愉快，在那个四年级开始的学期，我在老家的山上割草打柴，没有人想到我应该上学。我母亲没有来看我，也没有给我写信，现在想来，她当初也许是下了决心把我们放在老家了，她想她已经尽到了责任，一个人靠三十几元工资拉扯了两个孩子六年之久，她已经问心无愧了，林家的人有义务把林家的后代拉扯成人。在那段日子里，我一有空就跑到大队的学校张望，我远远地站在教室的后面，看着那些衣衫破旧的农村孩子在上课，我内心充满了艳羡、焦虑、茫然等复杂的感情，跟现在"希望工程"所要救助的失学儿童毫无二致，唯一不同的只是他们是贫穷落后地区的农村孩子，我不是，我母亲是国家干部、医务工作者。

我站在老家的陌生土地上，听着陌生的孩子们读书的声音，心里充满了悲伤和绝望，我想我是最优秀的学生啊，我怎么就不能上学。我这样想着的时候眼前就出现了我的老师和同学，我的算术老师会走到我的书桌前，把我提前许多天（有时是学期刚到一半我就把整个课本的算题做完了）做出的算题抄到他的课本上，他会认为我算出的都是对的。二十多年过去，老师写信来，仍说我是他所教过的学生中最优秀的。命运有时真是十分古怪，如果不是后来母亲又把我接回身边上学，我很可能在叔叔家长到十六岁就嫁人了事。每当我想到这个可能的结局时就心惊胆战，全身冰凉。每当我陷入绝境的时候，那个可能的命运常常像一张饥瘦的黄脸在我面前晃动，它提醒我，我现在的一切都是赚了的，我应该满足。

至今我感谢我的小叔叔，他能在他四个孩子之外收留我们姐弟，使我们吃上他的孩子也吃的很稀的稀粥和很咸的咸菜（那是一种用萝卜加大量生盐熬煮几天几夜，直到把萝卜煮到发黑的地步才能完成，放在缸里，名称叫"萝卜脯"的一种咸菜）。叔叔让我上山打柴是理所当然的，他认为我既然已经十岁了就不能白吃饭；他不让我上学，也是理所当然的，他想既然我母亲都想不到让我上学，他为什么要多管闲事呢？

所以我一点都不怨恨他。我在老家的日子里，听不懂他们说的客家话，没有书看也没有电影看（过年的时候二十多里地外放映《地道战》，令老家人激动不已）。老家的日子使我沉默、孤僻和绝望。

那些日子我没有想念母亲，我入神地想念的是我的同班女同学，我跟她们算不上很要好，但我想念她们。我入神地想念她们的外号、吵架的声音、难听的粗话，她们所有的恶劣行为在我的面前如繁花般灿烂和明亮，就像并不是我真正经历过的，而是一个梦境或天堂，我与她们真正是隔了千山万水，永远不能再相见了。我怀着永别的心情给她们写了一封信。回信很快就来了，信封胀鼓鼓的，写着我的名字，这是我生平收到的第一封信，我激动不已地拆了封，里面是大小不同的五六张纸，是五六个同学写来的，她们每人抄了一段毛主席语录，那是当年的习惯，写作文和写信都要先抄语录。她们不知道要给我怎样的鼓励才好，她们便抄道："你们要关心国家大事，要把无产阶级文化大革命进行到底！""领导我们事业的核心力量是中国共产党，指导我们思想的理论基础是马克思列宁主义。"写了庄严的语录，才是她们各自寥寥数语的信，"文革"中念书的四年级学生，除了抄语录以外就表达不出别的意思了，她们的信空洞无物，甚至千篇一律，但我如获至宝地捧着它们，就像捧着最精彩的小说，它们像火焰一样一朵一朵地在我的头顶开放，成为我的节日。无数次地读过它们之后我平静地想：她们虽然还在念书，但她们不如我。

从秋天到冬天，荒凉而无望。春天到来的时候，学校又要开学了。我的同父异母的姐姐给我母亲写了一封信，信中说，多米是个聪明过人的孩子，她举例说，她唱过的歌，不管有多复杂，多长，只要唱了一遍，多米就能一字不落地唱出来。起先她以为我学过，后来发现确实不是，这使她十分吃惊。因此她希望母亲能重视我培养我。我的姐姐是地区高中的高才生，既聪明又善良，只是生不逢时成了回乡知青，与她相比，我的命运好多了。现在想起她，我就看见她一个人站在一片匕首般锋利的菠萝地里，她的裤腿全是湿漉漉的露水，她用凄清的音调唱着毛泽东诗词《七律·送瘟神二首》："绿水青山枉自多，华佗无奈小虫何。千村薜荔人遗矢，万户萧疏鬼唱歌……"这首歌连同她那凄凉的唱法成为我在老家的日子里的背景音乐。姐姐告诫我，高中毕业后一定要插队，千万不要回乡，否则就会成为宗族斗争的牺牲品。

不知是姐姐的信起到了作用，还是母亲又想起了自己的孩子，春天到来的时候她的信和汇款来了，姐姐重新带领我和弟弟上路，先步行到一个小镇，然后乘车到县城，从县城换车到地区，地区换车到B镇所在的县。

到家没几天，学校就开学了，我怀着重获新生一般的心情跑到学校报名。跨进学校门口，我一眼看到大厅正中贴着四年级报名处的地方正站着器重我的算术老师。他看到我眼睛一亮，说：林多米，上学期你回老家去了？我还以为你不来了呢！他在报名册上飞快地写下我的名字，然后微笑着看我说：这回你要补课了。这时又来了一个女同学要报名，女同学说出了自己的名字，老师忘了怎么写，又重复一次，这个场面使我感到自信。一上课，老师就说要复习上学期的内容，第一节课先出一些小数除法的题给大家算算，看掌握得怎么样。这正是我缺的课，我一点都不知道怎样除小数，我失去了那种老师一出完题我的得数也出来一半的优势，我只能问我的同桌。小数点移动的方法一经从她口中道出，我立即觉得这是我心中谙熟已久的方法，我对之毫不生疏，我熟练地写起了竖式，竖式的一横和一撇就像我的亲人，使我感到万分熟悉和亲切，我安静地进入了状态。算术老师写完黑板后马上走到我桌边，他看到我会了。他走开之后我感到失学的难关过去了。

我知道，在这部小说中，我往失学的岔路上走得太远了，据说这是典型的女性写法，视点散漫、随遇而安。让我回到母亲和故乡的话题上。

我母亲肯定是一名好母亲，除了这次目的不明的失学（我不能问母亲，只能问我的姐姐，但我首先要找到她，我已经十几年没有她的消息了），我再也想不出她有什么不好了，她把我这样一个反常的、冷漠的、从来没给她带来过温情的孩子养大就是一件很不容易的事，碰上别人早就不要我了。直到我十八岁，母亲还帮我洗烂脚。那时我在农村插队，双脚每天浸泡在太阳蒸晒得发烫的水田里，脚面很快就长满了水疱，紧接着水疱就变成了脓包，脚也肿了，人也开始发烧，于是只好回家治脚。母亲领我打针吃药，早晚两次用一种黄药水替我洗脚，她用一块纱布轻轻按在我的烂脚上，把我隐藏着脓汁的疤痕彻底捣掉，她把我的烂脚捧起来举到鼻子跟前仔细察看，这是一个令我终生难忘的场面。另一个场景是我上大学的时候，母亲送我到地区所在地玉林，在那里换乘火车去遥远的 W 市，我轻松地就上了车，在车上我满脑子想的是我是本县的第二名，这个第二名是我轻而易举就拿到的，我将到大城市去了，我将跟所有的人一试高低，我豪情满怀，丝毫想不到要跟母亲说一句告别的话，我的心里还来不及产生脉脉温情和惜别之感，我连看都没有看站在站台上的母亲一眼，我只注意车厢上几个也是要到W市上学的女生，她们说着流利的普通话（军分区大院的？），使我有些自惭形秽，同时我又想，别看你普通话说得不错，未必我就不如你，我暗暗地跟那素不相识的人斗上了气，忘记了我的母亲站在站台眼巴巴地望着我。

她挤在人堆中，踮着脚尖。

火车动了一下，慢慢开了，车厢里的人全都拥到窗口跟送别的亲人招手告别，这时我才想到向站台望一望，我看到母亲慌乱而笨拙地朝我挥手（这是一个她十分陌生的动作，她可能是模仿了旁边的人），她的脸奇怪地扭曲着，给我一种想哭的印象，她声音变形地叫着我的名字，我看见她追着火车跑了几步很快就不见了。我受到了强烈的震动，这是我第一次受到震撼。我想我的母亲在站台的人群中一定悲喜交集，她想她的女儿考上名牌大学了，从此就会有好的前途和好的工作，她全部的苦就都有了回报，她想起她曾经骂过我长大以后找不着饭吃，想不到还有考大学这一新政策（靠推荐上学是一件十分可怕的事），她反复说要感谢党中央。

我对我母亲的感情回忆总是这两个固定的场景，这对于一个女儿，尤其是一个三岁丧父的女儿实在太少了。我不知道我是否给过母亲什么光荣，让她因自己的女儿自豪。也许只有十九岁去电影厂的那件事以及考上大学这两件事，但前者那光荣的峰巅很快就演化为一个深渊，这个深渊给她造成的惊悸许多年都没有消散，直到我大学毕业参加工作好多年，每次我回家或她来N城，她总要找一个我心情好的合适时刻，谨慎而心事重重地说一句话，这句话是：你不要再写诗了。这句话总是盘桓在她的心中，我想她肯定听到了许多难听的话，她从不告诉我，这所有难听的话哺育出了这样一个苗壮的念头，这个念头生了根，拂之不去。因此我想，无论我现在写了多少小说出了多少漂亮的书（这些东西对我是个极大的安慰），它们都不能给我的母亲带来光荣。这肯定不是她所期待的，当年我考大学的时候弃理改文，她一定感到了失望，她从来没有说过希望我以后干什么，现在我回想起她看医学院来实习的学生的目光，我想她最希望的就是让我读医学院，将来做一名医生。医生是一个有用的职业，作家有什么用呢？毫无用处。

她肯定是这样想的。

我想母亲养我这样一个女儿真是亏透了，小时候我从不跟她亲热，不跟她说话，把家只看作客栈（这是她的原话）。长大离家后也很少给她写信，有时半年才写一封，所有的信几乎都像电报一样简短无味，最长的信也从未超过两页纸。我在过年的时候总是想不到要回家看看母亲，总是要她写信来提醒，我也极少给母亲买过东西。我现在想来想去，只想出来曾经给她买过一双鞋，除此以外就再也没有了。继父多次提醒我给母亲配一副老花眼镜，我总是忘了这件事，我也极少给母亲寄钱，我自私地想：家里已经没有负担了，母亲又领两份工资，我还是留着钱给自己买电脑吧。

我想，母亲养我这样的女儿有什么用呢？我的婚姻也总是不能使她满意，我的生活总是在动荡之中，我的工作至今还没有固定，我在N城的家三年了也没能搬妥。我这样的女儿真是一点儿用处都没有，白白地让母亲操心。

我对家乡也是如此，在W城与N城，我从来不想念家乡，我不参加同乡会，不认老乡，不说家乡话。多年后，当我来到遥远的北京，回一次家真的是很不容易了，再也不能像从前在N城那样总是听到乡音四溢，从B镇到N城，只需七个小时的火车、一个小时的汽车，同时N城除了是城市，它的树木花草、饮食人文、地理气候与B镇相去不远，它使我觉得这就是家乡，同在一个省里，怎么不是家乡呢？既然身在家乡还有什么需要强调的呢？完全可以无所谓。只有到了北京，到了这样一个完全北方的地方，这里的一切都不同，广大而寒冷，周围是永远也学不会的卷舌音。在这里，B镇被远远地隔断，一年一年地不回去而变得越来越不真实，越来越像前世了，只有这时，家乡这个字眼，才连同一条河、一个船厂、一个码头、一条灰色的街，以及由于回忆而变得明亮和美好的鸡蛋花来到我怀念的视野中，我所有与家乡有关的文字，几乎都是这个时候写作的。

　　但在当时，在我只身漫游的八十年代，这种怀念还远远未到，它们像一些珍贵的人性的水滴远远地停留在云层里，要等到下一个十年才能降落到我身上，滋润我远在异乡的身躯。

　　让我接着本章的开头，叙述我的路途。在那次遍及西南几省的漫游（这个词我一直觉得用得不太准确，漫，这个字令人联想到神仙般的轻松从容，想起一蹬脚就能腾云驾雾的形式）之前我还去过两个地方，一是远在北方的京城，一是离N城不远的北海。这耗去了我大学毕业后前两年的积蓄和当年的探亲假。

　　第一要去的地方是北京，这是一个深入我的骨髓、流淌在我的血液里的念头，它不用我思考和选择，只要我活着我就要到那里。很早我就认为，我的目的地在北京，不管那地方多么远、多么难以到达、多么寒冷、多么虚幻，我反正就是要去。不知这个念头是否跟我在幼年时曾和B镇唯一的一家北京人做邻居有关，在六十年代的南方边陲小镇，北京的确远得到了天上，凡人根本去不了，幻想到这个去不了的地方是我最大的快乐。六七十年代的生活没有给一个想入非非的女孩提供任何机会，到我插队的时候，我想只要我日后有一份工作，我一定把工资省下来先到北京看看。因此我到图书馆工作的第一年，三月份上班，九月份就拎着我的破旅行袋踏上了开往北京的列车。我半年的积蓄只够来回的车票钱，我便住到在邮电学院工作的我的女同学的宿舍里。我一住就是十天，我一点都不懂事，既没有给她带任何东西，又不会说一句感谢之类的话，甚至也想不到跟她谈谈心。当时她刚刚离婚，有一个远在异地的情人，她靠所爱的人的来信度日，如果在星期五她收不到情人的信，就会过不去周末。她该死的情人有妻子，从不提离婚的事情，我的同学只好满足于每星期收到他的信，她最大的奢望就是能跟他在同一个城市生活，能够看得见他，为此她准备放弃北京调到那个遥远的外省城市。

　　这些都是听别的同学说的，我从没问过她，虽然我的女同学也未必希望跟我谈心来获得安慰，但我对她缺乏感情却又要住在她的宿舍里（她有什么义务呢？），实在太糟糕了。回首往事，使我万分愧疚。在京逗留的最后两天，女同学说她的亲戚要来了，让我住到北京大学的学生宿舍去，一个男同学正当着一个班的班主任，他为我安排了铺位，另一个女同学从家里给我拿来了铺盖，于是我就高高兴兴地到北大住下来了，我一点儿都没有想到自己给同学们带来了什么麻烦，想不到这是一种同窗的深情厚谊。此生我是欠定他们的情了。现在我跟他们在同一座城市里，却一直没有来往，我的孤僻、冷漠和心理障碍就像一片大海，阻断了我和他们。

（跟我有过交往而心胸宽容的人从来不说我自私，他们说，因为我小时候独立生活的经历，使我不习惯想到别人。我乐于接受这样的说法。）

我在北京逛了十二天，每天早出晚归，只吃面包和白开水，一个人去了八达岭、故宫、天坛等地方，觉得北京的天特别蓝特别透（现在才发现这天其实又灰又厚），空气特别好，看到了成片的金黄的树叶和红色的叶子，这在N城是难以想象的。之后我便兴冲冲地回去了。

第二年我去北海。大海如同北京，也是我的夙愿。北海是离N城最近的海，它没有花我太多的钱和时间。在北海最大的壮举是在沙滩上过了一夜，当时的北海还没有开发，做梦也没有想到会有被炒得这样发热的一天，现在听说那沙滩满是伴泳女郎，要进去得花上许多钱。那时它只是一个临海的荒凉的小城，可以说得上是荒无人烟，我整日在荒滩上乱走，后来来了几个美术学院的学生，我注意到他们说要到沙滩上露宿，于是我尾随其后，在沙滩上他们目力可达的地方铺了几张报纸过了一夜。十分平淡毫无刺激，第二天我便离开北海回B镇，提前结束了这次梦寐以求的大海之行。

这两次平淡无奇的旅行没有动摇我的信心，我深信某些事情正在前面等着我，它有着变幻莫测的面孔，幽深而神秘，它的一双眼睛穿越层层空间在未来的时间里盯着我。我深信，有某个契约让我出门远行，这个契约说：你要只身一人，走到一个不为人知的地方去，那里必须没有你的亲人熟人，你将经历艰难与危险，在那以后，你将获得一种能力。

在大学毕业后的某一年，我带上全部的财产一百四十元就动身了。我所到的第一站是有熟人的地方：武汉。在武汉的码头上，一切都很正常，一个美丽的女人来送人，她大概有三十岁，穿着一件黑色风衣，她吸引了所有的人的目光，人们情不自禁地要看她而不是看那些年轻的女孩，上了船的人纷纷到甲板上去，他们装作看风景实际上是看这个女人。然后船就开动了，那个女人消失得十分奇怪，人们刚刚回过神她就踪影全无了，令人惆怅不已。我想她也许是钻进某辆轿车吱的一下开走了。

总之这个女人使许多男人和一个女孩（就是我）惊叹不已，江轮在长江里浩荡而行，她的倩影在男人们的头脑里就如同在江里的水一样，很快就流走不见了，只在那个女孩的古怪头脑里留下印象。

船开后不久我就随意走动，也许我的行为带有单身出游的印记，一下就被辨认了出来。一个闲转着的年轻男人（实际上并不太年轻，只是我缺乏判断力）跟我搭话，我看他穿着船上服务员的白色外套，我想假如他是一个坏人，找他的单位领导也是很容易的。

我装出一副见过世面、身手不凡的样子和他聊起来。事隔多年，我回想起这次经历，我觉得当时之所以心甘情愿地上当和上了当仍然不受伤害，仍然能继续漫长的旅途，这一切都归结于我良好的自我感觉。在那次旅途中，我总是提醒自己，我是一个真正的奇女子，不同凡响，一切事情均不在话下。

我不同凡响地告诉这个人我的真实姓名、年龄、工作单位，我强调说此行我只有一个人，开始时我并没有特别注意他的相貌，我总是不容易记住男性的相貌（相反，女人的容貌总是在我的记忆中长存），直到那人说他长得像日本电影《追捕》里的矢村警长时，我才注意到他的长相，他的确长得很英俊，他的五官和脸形在男人中是少有地出众，尤其是他的嘴唇和下巴，简直有点像电影明星。他一定以为我被他的长相迷住了，要不然一个女大学生凭什么对一个江轮上的服务员说出自己的名字呢！除此之外再也没有别的解释了。

矢村凭着对自己相貌的高度自信，我则出于渴望冒险的个人英雄主义，这个故事自始至终阴错阳差。

矢村也许真不能算一个坏人，他一开始就告诉我他的真名实姓和家庭背景，在我失踪之后，我的同学把我的情况报告了单位的保卫科，组织出面轻而易举地就找到了他的家人，这使我的同学大惑不解，说这个人要骗人怎么还把真名和父亲家地址告诉你，让人一找就找着了。

回顾这个事件，矢村对我说假话的只有他的年龄和他已经结了婚的事实，事发之后他的妻子到我的同学家来找我，我面容憔悴地靠在同学家的沙发上，她一看见我就放了心。她剪着短发，长得清秀，但穿着打扮很普通，她放了心地说：我年轻的时候比你要漂亮，你到我这样的年龄连我还不如呢，只不过你是大学生，我是工人，但我跟他都过了十年了，都有两个孩子了。你也真有眼力，他说他二十七岁你就信了，他都三十七岁了。

她忽然想起了什么，她紧盯着我问：你们下馆子了没有？我说：下了。她又问：是谁出的钱？我犹豫了一下说：有时是他，有时是我。

她更加放心了，同时自豪地说：他这个人我知道的，如果你们有事，他肯定不会让你拿钱的。她的声音使我听起来有一种隔离感，虽然她就在我的对面，但她的话音却像隔了一种莫名其妙的东西，弯曲着才能到达我的耳朵。我听着这弯曲的声音（其实她是不自信的），心里想：真相是多么容易被隐瞒啊！只要你坚决不说，只要不说就什么也没有发生，只要不说就什么都不曾存在。只要你自己坚信没有发生过什么事情，谁（连你自己在内）又能找到证据呢？

我不知道我当时是否这样想了。我既疲劳又混乱，没有任何记忆又时时被记忆所占据，在这两厢相抵中是一片混沌的空白。

我麻木地躺在同学家的沙发上，听见门响，听见有人走近我，听见同学的声音在门口说：多米，单位保卫科的同志想跟你谈谈。声音消失，门口的光随之消遁。一个又瘦又长的女人像女巫一样降落在我的面前，她用密探的声调对我说：你不要害怕，把一切发生过的事情告诉我们，我们会替你保密，并且替你惩罚坏人。我虚弱地躺在沙发上，我固执地不说一个字，为了表示我的决心，我自始至终不与她探寻的目光对视，我有时闭目养神，有时看着她以外的空间的某一点。她一遍遍地问：你们在北碚是怎么住的？怎么去了那么久？她一遍遍地问：没有发生意外吧？到底发生意外了没有？她一字一句地问：发生了吗？发生了，还是没发生？

我想只要我不回答她的问题，问过一遍之后她就会没趣地走开，但她执着得要命，每一句问话都坚定而自信，在整整一个上午，这种坚定而自信的讨厌话音在房间里塞得满满的，我用巨大的漠视抗衡它们，搞得精疲力竭。

　　之后我昏睡了一个下午。在黄昏的时候来了一个美丽的女人，她的声音在昏暗的室内像真正的月光，清澈而柔和。美丽的女人有时不用看，周围的空气就能传导一种魅力。也许我刚刚睡过一大觉，对美的感觉特别灵敏，我对着门口方向的那半边脸颊感到了一种不同寻常的来自美丽女人的光芒，我不由自主地仰望她，我发现她就是那个在武汉码头送别的引人注目的神秘的女人，这简直是不可能的事。时至今日，我还是不能证实她们是不是同一个人，发型、脸形、身材都相像，是不是就是同一个人呢？也许我过于一厢情愿，把两个人看成了同一个人。后来我想到一定要问问矢村，但一直没有机会。我跟矢村最后一次见面是在火车站，他在那里等我，就这一点而言，他还是一个有心有肺的人。车站里乱糟糟的，我的同学把我送到那里，他们互相发现之后就仇视地对望着，我对他们说：你们都回去吧，我一个人可以。我想既然我一个人走了这么远，还有一大半的路要自己走，这一站没有人送又算什么呢？

　　果然他们就都走了。

　　我只听矢村说过他有一个小姑姑，但她实际上并不是他的亲姑姑，跟他的年龄相比，她显得过于年轻。在船上的时候，他说这个小姑姑实际上是他父亲的情人，他父亲是部队的高级干部，身边女人不断，她们像流水一样流来，又像流水一样流走，只有这个女人在他父亲身边留了下来，成了他的小姑姑。小姑姑一直没有结婚，在他们家行使着外交夫人的职权，凡是碰到棘手的事情，总是由美丽的小姑姑去处理，一切便总是迎刃而解。

她像月光一样降临到我躺着的暗淡屋子里，她说：我是他的小姑姑。

我坐起身。我的表现使我感到自己正如一个好色的顽童，对富有魅力的女人有一种发自内心的臣服。她问：你有多大了？我说：二十四岁。她说：你已经不是小女孩了，又是大学毕业生，对自己的行为有能力负责了。她问我：你为什么要这样呢？我说：我要写小说，要体验生活。她说：你可以慢慢在生活中观察，不必写什么就要做什么，这你大概也知道。她说话的语气使我感到她才是真正的女作家，我目不转睛地盯着她，如同一个毫不掩饰的崇拜者，我觉得她的话字字珠玑，闪着亮光，从她的淡香漫射的体内滴落到这光线幽暗的屋子里，她的牙齿白而细小，她的嘴唇红艳如玫瑰。

她说：我们老三喜欢女孩子，但他不坏，不会强迫别人干什么事情，这点我清楚，他从来不仗着自己是谁的儿子就干坏事。她的声音忽然像一个母亲，游离了一开始时处理事件的口气，她说：我们全家都不喜欢他现在的妻子，但是没有办法啊，他们都有两个孩子了。孩子这样的字眼像某种蓓蕾，使她的脸上掠过一点落寞和迟暮的影子。美丽的女人总是没有孩子的，这是她们的缺陷，又是她们的完美。她们是一种孤零零的美，与别人没有关系。

在整个过程中，矢村轻而易举地就诱骗了我，每一次质的突破都势如破竹，没有受到更多的阻力。他一定以为是他英俊的外貌和他的家庭背景起了决定性的作用，只有我才明白，有两样东西更重要：一是我的英雄主义（想冒险，自以为是奇女子，敢于进入任何可怕事件），一是我的软弱无依。正是这两样相反的东西，把我引到了北碚。

我该怎样叙述这个事件呢？

轮船与长江（湄公河与渡船），英俊的船员与年轻的女大学生，不用添加任何东西，只用这仅有的四个词，就能构成一个足够浪漫的故事。但我从未用浪漫的温情、美好的回忆来想念过这个事件。我从未想到过它，一切都变味了，保卫科的干部、他的妻子、小姑姑以及我的同学，他们纷纭而至，使这个故事变成了一起受骗失身的事件，这个事件以受害者的沉默而告终。

我的同学在火车站里对我说：我不会对别人说起这件事，但你千万不要一个人出来旅游了，你赶快回去，不要再往前走了，实在太危险。我当时年轻，心里硬硬地想道：什么都不能阻止我。

但他躲闪和怜悯的目光给了我一种致命的心理暗示，使我觉得自己是一个悲惨的受害者。我越来越害怕回忆，我精神紧张，担心矢村会来信，担心他本人会来（他曾说过要来N城看我，我信以为真地等了许久），在我对所有往事的回忆中，每次走到这个事件的边缘，我就会紧张地折返，仿佛一旦推开此门，就会看到一个血腥的强暴场面。

（我太容易接受暗示，一经暗示就受到强大的控制，把无变成有，把有变成无，把真正发生过的事忘得一干二净，把从未发生过的事件回忆得历历在目。）

事实上，这件事情平淡无奇，没有太多戏剧性和浪漫色彩，我之所以对之念念不忘，只是因为这个事件跟我的初夜联系在一起。

那是多么混乱的日子，多米！

多米在陌生的船舱里，她听说江轮要在半夜两点的时候经过著名的葛洲坝，她信任地对周围的人说：怎么办怎么办？怎么办呢？我肯定睡着了，看不到了。矢村顺理成章地保证，半夜两点，他一定把她叫醒。

半夜两点，序幕拉开，多米一脚踏进了这个幽闭的黑夜，脱离了惯常的秩序。她站在船舷上，看坝里的水一点点涨高，和上游持平，矢村试探性地揽了揽她的腰，她糊里糊涂地就让他揽着了。她要让自己看到，自己多么关注于水位的上涨，对这一宏伟的图景有着巨大的激情，一只男人的手算得了什么呢！简直是区区小事。水位正在涨高，不同凡响，男人的手（正在她的腰上，犹豫而不自然、不舒服），并不重要。

男人的手忽然松开，同时她的脸被他捧住，热乎乎的气息直抵她的嘴唇。他吻她，吻的动作娴熟有力，荡人心魄，结束的时候他用了一个吸吮的动作，使对方的嘴唇洁净干爽，没有一点点口水残留，令人十分舒服（在日后的漫长岁月中，这是唯一可以回味的地方）。

她傻傻地站着，一时竟反应不过来，在这愣神之间男人便以为与她达成了某种默契，他重新揽住她的腰，他的手贴切、自然、放松、亲切，就像游子回到了自己的家。

她发现她再也不能挽回这个局面了，她已经慢了半拍，她应该在一开始就拒绝或惊叫，她没有办法在接受了吻（尽管是被动的，但当时她并没有挣扎，而是一动不动）半分钟之后再惊叫，她甚至不好退一步生他的气。

她一开始就莫名其妙地服从了他。

在以往的生活中，她还没有过服从别人的机会，这个年轻的女孩三岁就失去了生身的父亲，继父在很久以后才出现，她从小自由，她已经害怕了这个广阔无边的东西，她需要一种服从。这是隐藏在深处的东西，一种抛掉意志、把自己变成物的愿望深深藏在这个女孩的体内，一有机会就会溜出来。女孩自己却以为是另一些东西：浪漫、了解生活、英雄主义。

因此当男船员在说他的非凡的父亲（一位大军区的高层领导）时，女大学生不动声色地听他说完，之后她问他：你知道我是什么人吗？

男船员问：什么人？

间谍。女大学生说。

（间谍是我的另一件华美的大衣，只要我想让自己胆识不凡，我就会迅速穿上它。）

间谍这个词使男船员愣了一下，之后他问：

你要搞什么情报呢？

这个直接切中要点的问题同样使女大学生愣了一下，从来没有人问过这样的问题，这样的问题使间谍这个词站到了严肃的游戏和模拟的真实之间（女大学生后来想，男船员也许当时正暗自发笑，心想这么傻的女孩竟说自己是间谍）。

女大学生说：我要军事情报。她想到了男船员的家庭背景。

男船员问：你要军事情报干什么用呢？

她严肃地说：我不能告诉你。

船员端详着她的脸，他说：我可以帮助你。

女大学生像电影里的我党地下工作者一样庄严地对视着男船员。男船员说：那次我父亲正在地下室里开会，我闯了进去，一眼看到一幅跟墙一样大的地图（一切都像是电影）。

他停下来，看到了女大学生亮晶晶的眼睛，这眼睛在说：我要的就是这个。在这亮晶晶的时候他大着胆用手碰了一下她的乳房。她身上一颤，但脸上却是一副关注于崇高事业的神色。

他又问：你要知道些什么？

她漫无目的：什么都要。

他们以这种特殊的关系在船上过了三天，到达万县的时候停船几个小时，他便带她进城看电影。在一个普通的影院，电影已经开映一小会儿了，门口仍有稀稀拉拉的人在进场。男船员买了票，跟女孩在黑暗中摸索着找位子，他牵着她的手，牵手这个姿势在黑暗中又一次暗示了一种亲密的关系。

坐下来不久，他便在她腿上摸索，她厌恶地皱着眉头，他于是说：这电影我也不爱看，我教给你一个办法，你不要去看电影里的故事，看所有电影，要学人家怎样打扮、穿衣，女人就是要学这个。

女大学生竟然没有从这话里听出极端的男权意识，她甚至觉得这话新奇极了，她从来想不到有人是这样看电影的。十几年的学校教育使她一看电影就考虑影片的主题、人物的性格等等，看人家穿衣打扮的看法使她大惑不解。

散场之后他提出请她吃糖水鸡蛋，在这个莫名其妙地来到的地方，这个深不可测的夜，秋风渐起，热气蒸腾的糖水鸡蛋使她感到温情弥漫。

第二天，两人继续谈话。船员问大学生：你多大了？

二十四岁。

船员马上反应说：我二十七岁。正好比你大三岁。他盯着女大学生说：你看我长得怎么样？我身体很好，我会使你生儿子的，我事先吃点儿人参，把身体养得棒棒的。怎么样？生下的儿子肯定又壮又聪明，小时候我来养，长大了跟你读书。

他又问女大学生到了重庆是一个人玩还是有伴，女大学生如实答道：一个人。

于是一切问题就变得简单了，男船员说：那我陪你玩，我有假期，我会使你过得很幸福的。

男船员用了幸福这样一个书面语言，显得有些生硬，这点生硬使这个被用得烂熟的词变得有些陌生，正如电影的另一种看法一样，让多米感到新鲜，使她感到，也许有着另一种她从来不知道的幸福。

男船员刚刚完成将一个姑娘诱拐到岸上的全部准备，船就到岸了。多米的同学负责地到码头上来接她，男船员跟她约好，第二天一早领她到温泉去。

　　他们找到一家旅馆，他让她在一旁看着两个简单的挎包，他去服务台办手续，似乎手续办得不顺利，他只好让她把工作证拿过来。她走过去，看到他用臂肘压着一张纸，这纸的下端是一个淡红的公章，上面写着他的单位的名称，多米不知道这就是空白介绍信，她更不知道，也压根儿不会想到，那上面证明他跟她是夫妻关系。

　　她竭力想要看清楚这张盖着公章的纸写着什么，她用手推他的肘臂，但他死死压着不动，他对她说：你到那边等着吧。

　　她跟他走到一个房间跟前，门一开，她一眼就看到了里面的双人床，这房间的幽闭以及床单被罩的俗艳色彩使它看上去十足一个小市民的洞房，这完全不是多米所期待的地方，她本来以为会住上大学里的集体宿舍，男女生各一幢楼（我不知道她为什么会有这毫不沾边的想法），没想到却碰上了一张罩着大红床罩的双人床！

　　她心情恶劣地坐在沙发上，男人解释说：这就是最好的房间了，价格最贵的。

　　多米说：我不是说这个。她生气地问：你只开了一个房间吗？

　　男人看看她，说：登记的时候我说咱们是夫妻。

多米气得一动不动，看起来有点像无动于衷，后来她觉得需要有所表示时，就一脚踢翻了茶几底下的字纸篓。

这个动作又慢了半拍，男人再也不担心了，他曾经害怕她嚷出去，那是一个联防治安如火如荼的时代，男人虽为偷情老手也不免心惊胆战。

多米说：我不能跟你住一个屋。

男人响应说：不能！

你另外找地方！多米说。

男人老实地回应道：我另外找地方。

多米说：你要发誓。

男人说：好！我发誓。

多米想了想，说：你要跪下来发誓。

男人毫不犹豫，咚的一声就跪在了地板上。

一个身材高大的男人，在粉红色的房间里，对着一位年轻的姑娘的下跪，这只有在电影里才能看到的场面真实地出现在多米面前，使这个耳目闭塞、不谙世事的女孩感到了一种触目惊心的诗意，她将这个下跪的男人看了又看，看了个够，那男人跪着一动不动使她感到了满足。

然后她放心地到卫生间洗脸去了。

他们在外面吃了晚饭，男人说多米在路上晕车，应该早点儿休息，于是他们一吃完了就回到了房间里。

男人帮多米脱了鞋，他捏捏多米的脚，说：你真瘦。然后让她躺在床上，多米觉得累极了，她想她可以好好睡一觉了。

她闭上眼睛，听见男人走进了卫生间，但是男人很快就出来了，他带着湿漉漉的水的气味靠到了她的枕头上，多米睁开眼睛斜他一眼：你。

男人说：我靠在旁边跟你讲讲话。

多米说：我累了。

男人说：天还没黑呢，讲讲话就不累了。

多米说：走开！

男人不作声，他扳过她的脸就吻起来，这吻销魂蚀骨，使多米全身酥软。

很轻的风从窗口潜入，掠过多米的身上，她感到了一阵凉意，这使她悚然一惊，她发现身上衣服的扣子已经被男人完全解开了。

事情已经完全不可挽回，男人的全部动作迅猛、有力、简捷、娴熟，像真正高级的艺术一样没有半点儿拖泥带水，比那个山上碰到的稚嫩的强暴者强了一千倍。

她对那男人说：我还是处女。

男人说：你是处女？

她无辜地望着他，认真地说：是。

男人说：不可能！

多米说：我真的是处女。

男人说：不可能，我听说插过队的人绝大多数都不是处女。

多米着急起来，说：可我是，我从来没有跟男人睡过觉。

男人顾不上听她的申辩，他的身体就像一个炽热而黑暗的巨大洞穴，一下就把她吞没了。她来不及绝望就被吞没了。又像一个深渊，她事先不知道她已经站到了深渊的边缘，男人说，我们再往前走一步，不会掉下去的，但话还没说完人就掉下去了。

天完全黑了下来，没有开灯，房间就像真正的洞穴或深渊一样黑暗。多米恢复了感觉，她感到某种异物充塞在自己的身体里，这是一种类似于木质一样的异物，又硬又涩，它毫无理由地停留在她的身体里。

一阵剧痛滞留在多米的体内，只要男人一动，这痛就会增加，就像有火，在身体的某个地方烧烤着，火辣辣地痛。疼痛就像一种厚厚的粗布，把其他细腻的知觉统统遮盖住了。即使在后来的几天，疼痛逐渐减轻，她也没有获得丝毫快感。

无休无止的疼痛挤压着她，她体内的液汁潮水般地退去，她的身体就像干涩粗糙的沙滩，两个人的身体干涩地摩擦着，使她难以忍受。

她又累又疼又绝望，总算等到了结束，她听到那男人说：你确实是处女。她闭着眼睛想：但现在又有什么意义呢？

她怀着身上的疼痛睡着了。半夜的时候他把她弄醒了，又一次要她，她说：我疼极了。但她一点儿力气都没有，她无法阻止那男人再一次进入她的身体里。辣痛的感觉重新升起，她开始意识到，她毫不被怜惜，她身上的这个男人丝毫不在乎她的意愿，他是一个恶棍和色狼，她竟眼睁睁地就让他践踏了自己的初夜。

耻辱和悲愤使她哭了起来，第一声抽泣就像一根鞭子，一旦抽落，万马奔腾，她充满了绝望地号哭起来，哭声在黑夜中撕心裂肺。男人只得提前结束了。

这是一个陌生的地方，一个陌生的房间，一个陌生的男人，多米跟它们度过了自己的初夜。这个初夜像一道阴影，永远笼罩了多米日后的岁月。

一九三八年，萧红与萧军分手，与端木到了武汉，她怀着萧军的孩子，常常到读书生活出版社的书库找舒群，她一来到舒群的住处，就把脚上的鞋子一踢，栽倒在床上，一躺就是一天，心情很苦闷。当时武汉的情况很紧张，日本侵略军的战线向西延伸，窗外时时传来刺耳的空袭警报，空中经常出现狂吼怪叫的日军轰炸机，萧红只好拖着沉重的身体到处躲避。在这种局面下，大批文化人仓促向四川转移。萧红也坐船到了重庆。萧红分娩前夕，

端木把她送到江津白朗家，她在白朗家住了两个月，生下一个没有生命的死婴。(肖凤《萧红传》)

多米从重庆到成都，中途在江津下了车，这是她在看地图时忽然冒出来的想法，这个想法冒出来不久，火车就到江津了，她跳下车，坐上江轮到县城里去。

她在一个招待所找到了住处，那是一个双人间，一个床位三块八，同室住了一个身材长相都很清秀的姑娘，多米奇怪地想要知道她的年龄，她不懈地追问她。后来问急了，那姑娘便说她三十岁。

第二天多米就到街上找那所萧红生下一个死孩子的房子，她转了几条街之后很容易就找到了，房子门口挂着一块牌子，上面写着说明文字，但是没有辟为陈列馆。里面住着人家，一个退休老太太模样的人正坐在门里，双眼警惕地看着多米，把多米打算闯进去看看的愿望彻底打消了。

但她不甘心就此走开，她像一个负有重任的人那样从各种不同的角度看这房子，她退到屋前的青石板去看。她想：一个天才女作家就在这间屋子里生了一个死孩子，她二十四岁成名，三十一岁夭折，有专门研究她的国际学术讨论会，有她的纪念馆和她的名字命名的街道，但她却在这个小镇的屋子里生了一个死孩子，她死去将近半个世纪了，但她生了一个死孩子的屋子却挂了一块牌子，供人参观。

多米盯着那牌子看了又看，觉得它就是那个死孩子。

这是一个路标呢，还是一个暗示？

一个早逝的天才女作家和她的死婴，横亘在多米的漫漫路途上，这里的隐喻也许要到多年以后才能破译。

多米准备离开的时候看到了一个戴眼镜的年轻男人，大城市装束，很有文化的样子，他正站在多米身后看那牌子，多米一转身就看到了他，他及时地看了多米一眼，两人目光对视的时候，几乎同时点了点头，于是他们便说起话来。

年轻男人说他是《四川日报》记者，川大中文系毕业的，刚分去，他说他当天下午就要赶五点多钟的火车回成都。多米一听，高兴地叫了起来：我也是的！她立即拉开随身背的挎包，翻出火车票让那男人看，她说：你看，我昨天坐的正是这趟车啊！

记者高兴地说：我们正好同路。他们像两个大学里的男生和女生，开始谈起了文学和人生，多米发现，她所敬仰的一个女作家就是他的同班同学，她毕业后自愿援藏，不久前因为翻车牺牲在藏北的一条冰河里，多米为此还写了一首悼诗，当她听说她曾跟他同班时，激动得声音都变了。她缠着记者，反复追问这位葬身冰河的女作家当年的音容笑貌、生活细节，以及关于她扎头发用橡皮筋还是发带的问题，多米把记者逼了半天，好在记者是个极其善良的人，他只是无奈地说：多米，你真像一个考古学家而不是诗人。

他们中午在街头的一个面铺吃了担担面，之后他们又聊了好大一会儿才各自回住地收拾东西退房结账。

他们约好时间在江边码头等候，但是渡轮在他们到达之前刚刚上完人，他们只好眼睁睁地看着渡轮慢吞吞地走了一个来回。

这一耽误就坏了事，当他们看着手表赶到小火车站的时候，别人告诉他们说，那趟车五分钟前刚刚开走。仅仅五分钟！多米懊丧极了，这是她此行的第一个突发性事件，她马上想到，她的票作废了，她又要在这里待上一天一夜，这是一件多么麻烦的事！多米越想越烦，记者却到售票处打听了消息来，他告诉多米，当晚九点还有一趟去成都的慢车。一听说不用在这里过夜，多米立即又振作起来了。

多米问：那我还要重新买票吗？记者说：不用，我有记者证，到时我跟他们说说。多米便真正放松了起来，她想：上帝真是公平啊！给你一件坏事，又随手补给你一件好事，车误是误了，却给你一个不错的伙伴。她看了看四处的荒地和田野，暮色无声地袭来，除了车站有灯，八面一片苍茫，秋风从看不见的江那边凉飕飕地过来，多米想，要是只有我一个人，该是多么凄凉！

多米一碰到麻烦就想逃避，一逃避就总是逃到男人那里，逃到男人那里的结果是出现更大的麻烦，她便只有承受这更大的麻烦，似乎她不明白这点。

多米是一个奇怪的女孩，她有时不怕一切，比如不怕如此漫长艰苦的只身独行，有时却又怕一个很小的事情，比如独自去温泉，独自留在孤零零的火车站过夜。她常常以为自己经过了磨炼已经很坚强，事实上她是天生的柔弱，弱到了骨子里，一切训练都无济于事。

在后来的日子里，多米曾听几个不同的男人对她说过同样的话，他们说：多米，你是一个非常纯粹的女性，非常女性。

她不十分清楚这是什么意思。

她常常不由自主地听从一个男人，男性的声音总是使她起一种本能的反应，她情不自禁地把身体转向那个声音，不管这声音来自什么方向，她总是觉得它来自她的上方，她情不自禁地像向日葵那样朝向她的头顶，她仰望着这个异性的声音，这是她不自觉的一个姿势。

谁能抗拒万有引力呢？

多年之后有一个博学、聪明、外号叫康德的男人对多米说，她应该学习西方的女权主义，使自己的作品强悍一些。他凝视着多米虽过而立之年却仍然显得十分年轻的脸庞（这超越年龄的年轻也许正是她内心的"纯粹的女性"所赋予的），沉吟了一会儿又说：不过多米，你最好只在作品中强悍，不是在生活中，女人一强悍就不美了。

（美与强悍，到底什么更重要呢？）

多米反驳男人说：你说的美只是男人眼中的美，女权主义者对此会不屑一顾的。

同时她却在心里想，一个女人是否漂亮，男人女人的目光大致是差不了多少的，如玛丽莲·梦露，她也是很喜欢的。

让我们再回到车站，那个男人并没有给多米制造麻烦，他是一个有文化的、温和善良的、既尊重女人又老实本分的男人，他跟多米分食了一些他带的饼干，然后在候车室里等到了九点。他们在极其拥挤吵闹的慢车里熬了一夜，凌晨五点多的时候到了成都。由于人太多，出口处只好敞开围栏，让人流拥出。没有验票，多米一直担心的情况没有出现，她轻松地走出车站，她没有车票，她第一次混票成功了。

记者把她领到《四川日报》自己的办公室，他给她打水洗脸，又打了早饭，吃完之后她就礼貌地告辞了。

这个温和的男人姓刘，他的名字我已经记不起来了。

我再次面临着找住处的问题，因为刚刚吃过早餐，我心情愉快，此外我还有另一个愉快的理由，我出发的时候办公室的同事好心地为我写了一封介绍信，让我到成都后找成都图书馆的馆长安排住处，他是我同事的大学同学。

我走在路上，幻想着这个馆长如同那个记者一样热情友好，我理所当然地以为自己将住在他的家里，先洗一个热水澡，然后美美地睡上一觉。

但我扑了一个空。

馆长不在，而且，更重要的是，我站在别人的办公室门口时，我忽然发现自己跟他们毫无关系，别人没有任何理由要照顾一个素不相识的人。

他们有好几个人，他们看了她的介绍信后没有什么特别的表情，多米沮丧地站在门口。但是她听到其中的一个人对另一个人说：你去帮她找找住的地方吧。一个四五十岁的男人立即站了起来，其他人纷纷安慰多米说：他去帮你想办法，你跟他去吧。

多米立即就放下了心。男人说：你跟我来吧。她跟在他身后，她想：这是一个好人。好人问她累不累，多米马上老实地说她刚下火车，累极了，真想睡一觉。好人就说，让她先到他家歇一会儿，他去联系住处。

好人的家十分狭窄，只放得下一张大床和一张桌子。多米看到舒适平整的床顿感亲切，好人刚刚说完：你就在这床上睡一觉吧，多米立马就把鞋脱了。

快到中午的时候好人把多米领到文化厅招待所，四人间，一个铺三块钱。有了着落，又睡了觉，多米精神好起来，便想起问好人的名字，好人说他叫林森木，很好记。

十年过去，所有萍水相逢的名字我全都忘记了，包括初夜的矢村，矢村是一个虚构的外号，我最后也未能把它用熟。只有林森木这个名字，我轻易就能想起，不知他现在是否还在老地方，我也弄不清我当初去的是省图书馆还是市图书馆，我希望图书馆的前同行们有读了这篇小说的，请转告林森木好人，有一个当年只身漫游的女孩，曾经得到他的照顾，她至今仍然记得他的名字。

我记得这个名字还跟我的一段假设有关。这要涉及另一个男人。

我到招待所的当天中午就到处打听洗热水澡的办法，有人告诉我可以用几瓶开水在洗脸间洗，于是我又到处找开水，当我终于知道需要自己到值班室用电炉一壶壶烧时，据说又停电了，我怀疑是那个值班的瘦女人故意关的闸。正沮丧着，坐在值班室里看报纸的一个男人说他可以为我提供两壶开水，我这就可以跟他去拿。

我当时虽然觉得这个男人在什么地方不对劲，让人感到不放心，但洗热水澡的迫切愿望压倒了一切，我当时认为那种不放心不是别的，只是不放心他说话不算数。

于是我尾随他到四楼他的房间，正好在我三楼的房间的头顶。

我拿了开水扭头就走，他在后面追着说：一会儿别忘了还给我开水瓶啊！

就是这个男人，后来我想起来他最使我不安的地方是他的眼睛，那里面有一种非常狠的像狼一样的目光，这目光使人害怕。这是我在后来的日子里找到的一种比喻，当时我只是觉得不安，他不像林森木那样给我一种天然的安全感，使我一到他家就敢在他家的床上睡觉，这个狼眼男人使我总是如坐针毡，我总是想从他的房间逃跑，但他的话题又总是把我留住。

狼眼男人说他五十岁了。

同时他说他身体很好，我看到他在那个秋天的早晨里穿了一件短袖衫，他像日后的健美表演一样捏紧拳头使肌肉隆起，他还炫耀说他的皮肤没有皱纹。第二天一早，他在我去值班室找开水的时候在门口的自来水龙头下光着膀子冲冷水澡，我看见他举着一盆冷水哗地一下罩头罩脑地冲下去，他发红的皮肤上立即升上一层白色的水汽，把初秋的清晨衬托得冷飕飕的。

这使我害怕。

狼眼男人冲完冷水之后也到值班室打开水。

他说他从前是一个演员，是省剧团的头一号。他的五官的确很好，是坚毅有力的那种，有雕塑感。他说他一九五七年被打成右派，下放到四川西部农村，在那里放牛，后来又到当地的商店当售货员，直到一九七九年才改正，现在厅里还没给他安排工作，也没有合适的房子，他在招待所住了快四年了。

我隐约感到，一个长期住招待所的独身男人是危险的，但我不会说谎（这是我的致命弱点），仍然老实地回答他的问题，我说我是独自一个人来旅游，要上峨眉山，在成都没有任何熟人。

他显得很高兴。他的高兴让我害怕。

第二天我去峨眉县，三天之后返回成都仍然住进这个招待所，我不知道别的去处，而且我奇怪地认为，虽然有一个狼眼男人，但我住过了一夜的地方毕竟有一种熟悉的安全感，我把狼眼男人当成了我的熟人。

狼眼男人说他什么事都没有，时间极多，他可以陪我。这时我的依赖性再次走了出来，一脚踏在了旧的脚印上面，成语叫作"重蹈覆辙"。他陪我到一些就近的游览点四处看看，有一次他带我到了一个公园，我们在一个微雕陈列室看完微雕现场表演之后一直往公园深处走。

我突然发现狼眼男人把我带到了一个僻静的深处，四周是树丛，十分安静，我向四面看看，竟没有看到一个别的人。当时正是下午三四点，秋天的太阳凄切地悬在头顶，恐怖像一种无可抵挡的流体顷刻弥漫在了每一片树丛后面，我感到手心在出汗，内心一片冰凉，我靠近狼眼男人的那边身体紧张极了。

我站在这块无人的空地中间一动不动，我恐怖地想着：这下完了，周围一个人都没有。我脑子里胡乱地选择着：是扭头就跑，还是大喊救命？我的双脚却一点儿都动不了。

突然狼眼男人抓住了我的手，他说我看看你的手。他的手像铁做的，把我的手腕抓得很痛。

他把我的手认真地看了一会儿，说：多米，你的手不像女人的手。

我深感意外，问：为什么？

你一定练过拳的，是不是？他说。这是一句解救的话，一句立即改变了我的地位的话，把我从内心深处的弱女子变成了我自以为是的奇女子。

我答说：练过。

我说的虽然是谎话，但我虽没练过拳，却练过剑，心里有些底气。

他说：你看，我猜对了吧。他又问：你练了几年？我说：有两三年。他问：能打吗？我说：有些手生，不过也能打一点儿。

这样的对答使我彻底放松了。我放松地说：我们走吧。我便走出了险境。

但后来狼眼男人说了一句别的话，使我怀疑我并不是因为我的手像练过拳的手而获救的。

在回去的路上男人突然说：那个林什么，就是图书馆的那个老头，对你还挺负责的。

我说：什么？

男人说：昨晚他还来看你。

我忽然觉得，是这个叫林森木的人救了我，这个想法使我此时眼里饱含着眼泪。我想，在成都，我是一个熟人也没有啊，我孤零零地浮在空气中，假如我消失了（我马上想到N城的公园深处的无名女尸，或车站里无人认领的行李袋，罪行和血腥，像深渊一样张着大口），谁也不会知道，谁都不会有责任，谁都不会有关系。但是有一个林森木来看我，如果我失踪了他就会知道，狼眼男人一定想到了这一点。

前一天的晚上，狼眼男人把我叫到他房间聊天，八九点的时候，林森木到狼眼男人的房间找我来了，我奇怪他怎么知道我在这里。他没有坐（我没有想到应该把他让到我的房间坐坐），他站在门口跟我说：你一个人，我不放心，来看看你，有什么事情你就找我，如果没有什么事情我就走了。

我一时想不起来有什么事，也不知道该说些别的话，他略站了一会儿就走了。

又隔了两天，到我准备走的那个晚上，林森木又来看我一次。那也是一个我感到危机四伏的时刻，我现在想，林森木怎么能这样不失时机地到来呢，他就像是上帝派来的。

那天晚上狼眼男人说他可以给我看看他年轻时候的剧照，这使我感到很好奇，于是我又到他房间去了。

他说他的剧照是他姐姐保存下来的，他手头的早就烧掉了，他边说边找钥匙，翻箱倒柜地拿出一个塑料皮笔记本，从里面抽出两张巴掌大的黑白照片，画面很单调，动作和表情又都很夸张，让我觉得不自然，我本来期待着看到像外国电影剧照那样的照片，我失望地催他再拿别的来看，他说再也没有了。

我失望至极。

他向我讲解剧照，说一张是《江姐》里的甫志高，一张是《洪湖赤卫队》里的副官。我对这两个人物都兴趣不大。

他又问我能不能认出这剧照里的人就是他本人，我说能认出。

他便高兴了起来。我说我要回去睡觉了，明天上午还要赶火车。他想想说：你可能饿了，我给你冲杯牛奶。

我似乎觉得的确有点儿饿了，他冲好牛奶给我，我接过来很快就喝掉了。又稍坐了一会儿，我觉得困极了，又像头有些晕，我尽力支持着，却觉得有些站不起来。这时我听见狼眼男人的声音在我身后远远地问：你怎么了？

我说：我困了。但我听不见自己的声音。

狼眼男人的声音说：我扶你躺下来。

我说：不，我要回我房间。我一点儿都听不见自己的声音。

这时我听见门口响了几下，狼眼男人一时站着不动，门又响了几下，狼眼男人开了门，林森木进来看见我，说：你明天要走，我来看看你。

这个新到的刺激使我清醒了一些，我说我困得很，我正要下去。我出了门，林森木送我到门口便回去了。

我对这件事的记忆比较模糊，觉得就像是在梦里，我搞不清楚我到底是喝了狼眼男人的牛奶还是做了一个梦。现在追忆起来，有许多事情都是模糊不清的，像夜晚的水流，在梦中变化，永远没有一个清晰的形状，只有林森木这个名字，像水中的礁石，出现在我的记忆中，坚硬、闪亮。

我曾经跟不同的人谈到我只身走上峨眉山的经历，这样下面这段叙述就有些陈旧了，为了本章的完整，我还要将这讲过的故事再讲一遍，以往的多次讲述都是口头的，我应该写下来。

当时天已经凉了，旅游车都停开了，形势很不利，是一副去不成的态势。我想无论如何我都要上山，上山的念头成了我那时的一个信念，我想既然那么远的路我都过来了，冷些怕什么呢，人少怕什么呢。我潜意识中把这次上山当成了我整个人生的隐喻，我毫无理由地坚信：只要我能登上金顶，我的一生就是成功的，不然就是失败的。

我把上金顶上升到了这样一个境界，一切审美的心情，观光看风景的心情统统消隐了。当时我发着烧，天上飘着不小的雨，我没有带任何雨具，淋着雨一步一步往山上走，雨飘进眼睛里，四周水蒙蒙白茫茫一片，什么也看不清楚。我的衣服全湿透了，身上发烧的热量把湿衣服蒸腾出一层白色的水汽，我全身裹在这层水汽中一步一步往山上走，我一步都不敢停，我知道，只要我一停下来，就再也没有力气，也没有勇气走下去了。从我身边经过的大多数人都拄着拐棍，所有的女性无一例外都是男伴帮她们背着包，拖着她们上去的。只有我是一个人，背着自己的东西，全身湿漉漉地往上走。我觉得自己英勇极了。

我走了整整一天，晚上天黑的时候上到了金顶。这是我的一个很大的胜利，我开始从大学时代的低潮走出来，一夜之间，我的性格变得开朗了，同时，就是这一夜之间，我的字体也变了，这是令我十分奇怪的一件事。我工作之后，我的字体沿袭了大学时代的瘦、软、犹豫，看起来十分难看，但我下山后，中间没有经过任何过渡，一写出来就遒劲、挺拔，一去猥琐之气，之后有很长一段时间，认识和不认识我的人都说我的字像出自男性之手。

（当然，十年过去，我再没有力气和勇气重复当年的旅途，我的字体也渐渐失去了某种气质。）

以上的事情我已经说过多次，它们都是事实，但是中间还有一些重要的人我还没有提到。让我从头再来。

我到成都火车站打听开往峨眉县的旅游列车，别人告诉我，因为天气转冷，这趟列车已经停开了。我不甘心，又打听到有慢车同样可到峨眉县，于是我便上了慢车。

开车个把小时后，我发现隔了过道的同一排座位上一个年轻的男孩翻出了一本书在看。他在三人座位最靠走道的一侧，他的右边是另外两个人，阳光照进他的右边，他正好是一道阴影。我突然看到他看的书是诗，这使我有一种亲人久别重逢的感觉，我在想象中拨开陌生的人群，朝我熟悉的身影走去，我问他，读的是谁的诗？他说是莱蒙托夫。

这是一个熟悉的名字，就像《国际歌》的旋律一样，一经说出，立即连空气都充满了同志般的微笑。

读诗的男孩使我信任，我告诉他我是如何一个人来到这里，又将一个人到哪里去。

读诗的男孩毫不辜负我，他马上叫起来，哎呀！他说，我们早点儿认识就好了，我刚刚休完假，假期已经用光了，不然我一定陪你上峨眉山。

他说他是峨眉县境内一家国家兵工厂的工人，他家本来是北京的，六十年代末才迁到西南。他说他高中毕业没上大学，但现在工厂里工资和假期都很多，只是工厂保密，叫什么三七一或六五九，他郑重地写在我的本子上，我没能记住这组数字，他说他姓李，叫李华荣，是不是这个名字我没有太大的把握。一问年龄，他才二十岁，这太让我高兴了，年轻的男孩总是比上了年纪的男人更富有诗意，除了他的年龄，还有他的面容，红唇皓齿，像花朵一样，浓密的黑发，让人想起"蓬勃""茁壮"这样的好词。

这是我漫漫长途的一道阳光，明媚、坦荡，像火车的节奏一样，把遥远而美好的东西送到你的脚下。在我的一生中，这样的好男孩我遇到的太少了。我能想起来的，连这小李在内，一共只有两个。

红唇男孩。

写到这里我忽然想起来，那另一个红唇男孩竟也姓李，也叫李华荣，现在我有些怀疑前面那个李华荣名字的真实性，有可能我把后面这个男孩的名字提前想出来了，让我再想一下，确实，这两个男孩都姓李，他们甚至长得很像。

他们是上帝派来的吗？

他们是同一个人吗？

他们中一个人是另一个人的影子吗？

让我插进第二个男孩的故事，这个故事比峨眉男孩的故事还要简单，但他的确是我在一段灰暗日子里的一道光亮。

那是我漫游大西南之后的许多年，六七年吧，那时候我已经三十岁了，刚刚经历了一次十分投入又十分失败的恋爱，这在下面我将要说到，总之失恋使我身心俱伤，我看上去十分苍老疲惫，为了拯救自己，我再次独自出来旅游。我先到北京，后到上海，我毫无目的地在这两座城市中乱窜，找我认识或不认识的人瞎聊天。

　　那天我去浦东找陈村，我在电话里问清楚了楼号门牌，结果却在一片相同的楼群里迷了路，正要找人打听的时候迎面来了一个红唇男孩。他惊讶地说：原来陈村就住在我们这一带呀！他接过我手头的地址说：我领你去找。我在上海的日子里，红唇男孩常常来看我，他给我打电话，只要我不出门他就来陪我，有时我出门不认路，他就赶过来为我领路，我要上街买衣服他也来领我去，他叫我"林姐"，跟那个峨眉男孩的叫法一模一样。上海这个红唇男孩是大学三年级学生，也是二十岁。他说他喜欢写小说，以后要将他的小说寄给我看。

　　后来我回N城去了，没有收到他寄来的小说，他像一道阴影一样消失了。

　　让我们再回到峨眉山。

　　二十岁的男孩因为假期已满不能送我上山，但他决定把我送到山脚。

到了峨眉县，男孩帮我找地方安顿下来。晚饭后他从家里带来了他姐姐的一件毛衣和一件毛背心，即使是山下，也已经秋意很深了，他还找来了几个跟他同样大的男孩跟我谈诗。第二天一早他又很负责地来叫醒我，陪我坐了一个多小时的汽车到山脚，下了车，他四处看看，觉得不放心，又陪我走了几里地，直到他看到了两男两女的一伙游人，问清楚人家是两对新婚旅游的夫妇，又将我托给人家关照，懂事的男孩才放心下山。

好男孩今又在何方？

愿上帝格外宠爱他，给他一个最好的女孩，让他过最好的日子。

从此我就再也没有见到过他。下山后我按照约定就地将他姐姐的衣服寄到他的秘密工厂，在县里住了一夜，第二天就离开了。我一直等他到N城来，至今没有等到。

我跟着两对蜜月夫妻上山，我发现他们步履轻盈、行动敏捷，一问才知道他们是地质队的，这使我大惊失色，我想我最好还是重新搭伴，但我前瞻后顾，总没看到有合适的团伙，这团伙要有男有女，人数不多不少，若只一对夫妻，自然不能厚颜无耻地挤进去。

我便跟着这两对地质队员，以最快的速度一天爬上了金顶。他们都是好心人，拉远了就等我一下，在洗象池他们还替我拍照，这照片在几个月后如数寄到我手里，还是放大的。

上到金顶，却几乎什么都没有，四面只是雾，没有远近之分，高低之分，白茫茫的雾消灭了平常的空间感觉，想象中的险峻雄伟气象万千的绝顶景象半点也无，像是到了太初时代的混沌空间，仿佛盘古刚刚劈开天地，气体还在弥漫着，没有来得及上升为天。佛光、云海、日出……终不能显形。灰白的雾中有一座残断的没有屋顶的庙宇，这是一场大雷雨的牺牲品。夜晚和寒冷仿佛都是厚厚的雾层带来的。雾层包围着我，夜和寒冷包围着我。

一行人在夜色浓重的金顶发着抖摸到了气象站的房子，那里有棉大衣、炉火和热水，管房子的人说，你们有没有夫妻，可以住在一起的。两个新娘纷纷说：不消了，不消了，她一个人会害怕，我们三个人住在一起好了。

火炉，一屋子人，炉子里是开水，白色的水汽向上冒，烤鞋、烤湿衣服，一边谈旅途，就又觉得这气氛比登山更有趣。在俄罗斯原野冰冻道路旁的驿站里，被流放的诗人边这样烤火边聆听旅人们的交谈……

我们一个接一个地烫脚，又摸着黑手拉手去上厕所，然后上床，被子像铁一样又冷又硬，把租来的棉大衣压上还全身发冷，像在南极一样。

第二天仍没有太阳，阴沉沉雾蒙蒙的又像要下雨，同行的方一早起来拍摄，我和那位气象站值班员聊了起来，他竟然也写诗，还在《星星》上发表过，姓张，气象学校毕业的，气质很普通。看来写诗的人并不少，这一路就碰到了好几个。

我站在悬崖边的铁链旁边留了一个影，是山上的摄影服务社照的，这是我在金顶留下的唯一一张照片，画面上弥漫着浓浓的雾，我穿着一件深色衣服，一只手插在裤兜里，另一只手紧紧抓着黑色的铁链。

这是一张奇特的照片，我把它放大，加印了好几张，它是我生命中到达的一个顶峰。

下山回到峨眉县，当晚在二旅馆住下，同住的两位女司机对我一个人从广西来四川爬峨眉山很是佩服，其中一位送给我一尺二寸四川的布票，以便给李华荣（就是在火车上认识，送我到万年寺的青年人）的姐姐寄还毛衣。没有四川的布票买不了布，做不成包裹可寄不了毛衣。次日下雨，我冒雨去买了一尺二白布，然后到邮局给小李的兵工厂寄毛衣，办完这件奇怪的事情才算真正结束了峨眉山之行。然后我回到成都市图书馆，仍然找到林森木，跟在他后面找住的地方，这次找到了省文化局的招待所。

从成都到贵阳，印象最深的是一头剖成两半的猪。在半夜的时候，从窗口爬上来一群农民，他们把半边开了膛的猪搁在座位前的小茶几上，这只猪有半只嘴，一只耳朵，一只紧闭着的眼，半边身体和一条完整的尾巴，它头朝车窗平放着，像一具全身赤裸的尸体。死猪头正好对着我，血的腥气和生肉的气味不可抵挡地罩着我，使我感到又恐怖又恶心。我既没有办法弄开这头猪，又不可能离开这个位置，过道里已经满是人，我的座位靠背上也被一个老女人坐上了，她的屁股正好顶着我的头，空气十分污浊，令人要晕过去。

这一夜像一个真正的噩梦，扛着半只猪上车的农民们甚至带着杀猪刀，在黑暗中，快速行驶的列车呼啸着，雪亮刺眼的刀刃闪闪发光。有一个抽烟的人把燃着的火柴捅到猪皮上，发出一阵焦煳的气味。

一切都令人不安。

这种不安一直延续到了贵阳街头，我发现街上的行人出奇的少，少得根本不像一个省会，同时每个行人都行色匆匆，像是急着办什么事，我站在街边看了好一会儿，没有发现一个闲聊的人。

我糊糊涂涂地感到饿了，找到一家半开半闭的面铺，竟说不营业，一直找到第三家，才吃上一碗面。我想起来打听此地到底发生了什么事，店主说，正在流行一种病，这种病介于霍乱与鼠疫之间，吓得大家都不敢上街。

我大惊。

我想我必须赶快逃跑，我体质弱，又经过了长途跋涉，一旦染上这种怪病，必死无疑。

于是我立马又回到火车站售票厅，室内乱纷纷的，听到有人说开往都匀方向的列车封掉了，有说不开了的，有说只准上不准下的，有说上下都不准的，还有一个人说，就像电影《卡桑德拉大桥》那样，全封闭，不开窗，从这边发车，经过都匀不停，直达终点，但会不会像《卡桑德拉大桥》那样，在某一个秘密的地方被炸掉，那很难说。

众说纷纭。

但我已经弄明白，关键的地方是都匀，那是这种怪病的发源地，也是病人最多最严重的地方。

但都匀跟我有什么关系呢？我从来没有听说过这个地方，它对我是一个不相干的地方。只有当我看了地图之后，才发现，都匀是我去往柳州的必经之路，我准备从柳州返回N城的，这样我不得不改变我的计划了。

我从随身带的袖珍交通册上重新选择了我的路线，我决定往都匀相反的方向走，到六盘水，然后坐汽车到云南境内的文山地区，再从富宁到百色，回N城。

这个决定改变了我的正常路线，我隐隐有些兴奋，我想这也许是一个神秘的改变，奇异的事情就要来临了，它们将沿着这条意外的线路芬芳地逸出，如同一些花朵，沿着这意外的枝条，渐次绽开。

有关那半扇猪肉，一直以来记忆鲜明，但似乎还有更多的什么，是什么呢我全忘了。

不久前发现了旧笔记，当时是这样记载的。

半夜在一个小站停靠，上上下下的人、大箩筐、小箩筐，乱哄哄一片。从窗口跳进几个大小伙子，紧接着便从窗口塞入整扇整扇猪肉，有半扇猪啪地一下放到我跟前的茶几上。眼看还会有更多东西打窗口塞入，我几次要放下窗玻璃，每次都是放到一半又被顶开了。好在双方心情不错，我们聊了起来。他们是准备回家办喜事的，并非长途贩运，为首的小伙子在铁路工作，他主动拿出一本去年的《收获》给我解闷，火车摇荡着，我只读了汪曾祺的一个短篇，车厢里有些闷热他们要开窗，而我感冒了不能吹风，开窗关窗，一时拉锯。那位领头的小伙子很是迁就我，有几次是他主动放下窗子，招来同伴的不满，后来他又拿出苹果，临走时送给我两本新买的电影评论小册子（我没要）。两个小时后他——指挥所有人员物资下车，自己最后从车窗一跃而下，鲤鱼一样，头都没回。

到六盘水的时间是夜晚，我恍惚走出车站，出站口空无一人，我奇怪怎么会没有人从这里出站，刚才跟我擦肩而过的那些人此刻都到哪里去了呢？我回过头去看他们，我看到四处一片寂静，火车在瞬间就无声无息地消失了。

车站的灯奇怪地发出一种介于青黄与棕绿之间的光，像文物的色泽一样，就像陈年的光散落到了这个地方，陈旧、阴柔、慵懒、恍恍惚惚。车站里的窗口能看见一些人影，但这些人木然不动，既像一些人形道具，又像一些平面上的影像，我竭力想要看到他们的背后，但我总是看不到。

检票口没有人，只有一盏散发着青黄光线的灯，我看见自己的影子在这层神秘的灯光下拖着奇怪而长的阴影。

我步履轻盈，有一种浮动感，我肩上挎着的背包似乎也有了浮动感，我被一股气流所裹挟，恍惚之中就来到了车站前的空地上。

有一辆卡车停在那里，车门敞开着。我看见开车的人戴着一只像灯光那种青黄色的口罩，他转向我，把口罩摘下，我一下子认出了他，我说：原来是你啊！

他说：是我。

他是我多年前一个老同学，他的面容使我感到十分亲切和安全，但我无论如何也叫不出他的名字，在以后的日子里，我也仍然叫不出他的名字，常常是在我睡觉的时候，他的名字浮到了我的眼前，但我一旦醒来，他的名字就沉下去了，有时候我很有把握地要喊出他的名字了，但我一开口，他的名字随即消遁。

我只好叫他"你"，在我的叙述中，叫他开车人。

开车人说：你上来吧。我问：你怎么会在这里呢？他诡秘一笑，说：我知道你要来，我已经等了有一会儿。我问：你要到哪里去呢？他说：你不是要去文山吗？我正是要去那里。我看到他的卡车后厢用厚厚的帆布篷严严实实地罩着，他说里面装的是盐。

我坐进车头位子，他从黑暗中抓出一只青黄色的口罩让我戴上。我说我不戴，他说都要戴上的，这是一个规矩。我又问他这口罩为什么用这种奇怪的颜色，他说：都是这样的。就好像我问他口罩为什么是白色的一样。

我戴上口罩，立即感到一种潮乎乎的气息沿着我的口鼻迅速蔓延到了我的全身，这气味有点像下雨时候灰尘的气味，同时有一些可以分辨出来的香气弥漫其间，这种香气我觉得有些熟悉，它的陈旧的幽闭感使我感到我正在进入一个陌生的、与正常的事物不能连接的维度。这种怪异的香气又像另一种载体把我载往时间的深处。

自上车后，开车人就几乎不开口了。我从车窗看到我们的车行走在崇山峻岭之中，我们有时在山顶，有时在山脚，有时在山腰，上坡和下坡是明显的，但我发现，我在车里却感觉不到这一点，我觉得，我所坐的车是在一个十分平直的平面上行驶，这平面平到没有凹凸和石头，我甚至感觉不到它的摩擦力。卡车就像是腾空而行的飞船，腾空而又贴近地面，呈匀速飞行状态。

有时路过小镇，能看见房屋和人，都像那个奇怪的车站那样，笼罩了一种青黄的光，它们静止不动，模糊不清，像是隔了一层极薄但又无法穿越的帷幔。我闻到陈年的气息越来越浓重。

我们穿过了一大片异常妖娆、艳红无比的花田，后来我知道那就是神秘的罂粟花，青黄的光线隐去，明亮的太阳的白光从敞开的青天之上直抵罂粟花的花瓣，呈现着自古到今、亘古长存的姿势。罂粟花的红在薄如蝉翼的花瓣上，有跃动、飘浮、闪烁之感，像火焰；红土高原的红色却沉厚得无法穿透，它是一切红色的母体，一切的红色，都是它随处散布的精灵和儿女，它红得无边无际，天老地荒，在阳光下，灿烂而苍凉。

我们在红土高原上走了很久，路上全是艳红硕大的木棉花，它们像肥硕的雨滴一样飘落，在红土蓝天的背影中画出优美的弧线，我在极度的静谧中，听见花朵落地时的吧嗒声。

车子停下来，我小心翼翼地问开车人，我们到了什么地方？他同时说了三个地名：文山、马关、麻栗坡。这虽然是一种莫名其妙的回答，但确是我在地图上找出来，准备去的地方，于是我不再苛求，就下了车。

我让开车人把我领到一个可以住宿的地方。我们在镇子上行走。我看到，此地虽然偏僻，但从房屋看来，却是一个曾经十分繁华热闹的重镇。我依稀看到，各色人等塞满了十字路口、酒馆、米行、集市，有穿着西装的年轻人，戴着瓜皮帽的财主，手执棍杖的地绅、商人、小贩、拉车者、穿着绸缎的太太、穿着白衣黑裙的小姐，小家碧玉、农家女、老人和孩子。盐、药材、八角、桂皮、木炭、土布、织机、农具、种子、动物的皮毛、干辣椒、生姜、花生、黄豆、白菜、萝卜，等等，它们在空中和地上穿梭不已，从一些人手到另一些人的手，或者到土里，或者到火里，或者在人的身体中消失。它们是斑斓的一片，在那种奇怪而陈旧的光线的照耀下，渐次消退。

所以我走在街道上时，它们已经全然消隐了，它们的影像悄然远去，消隐到背景之中，我所到达的街道，空无一人。

空无一人是一个我喜欢的词，这个词意味着静谧、肃穆、隔绝、神秘。这是我心爱的空间，我笔下的女人总是在这样一个被我扫清了闹声和人流的空间出现，她美丽的面容就要浮现出来了。

开车人把我领到一座红色的宅楼跟前，这宅楼雍容大方，品格典雅，我在N城及家乡的广大地区均没有见过如此建筑，它那幽深神秘带着往昔岁月的影子使我感到一种隐约的召唤，这座楼或许就像那辆卡车，等候我多时了，我此生中注定要来到这里，命定地在经历了初夜和曲折、经历了西南最有名的山峰后，乘坐一辆奇怪的卡车，在布满往昔时光的日子里，来到这里。

我想一切都是命中注定的。一切都是必然。为什么在那一年会有一场霍乱，就是为了阻挡我一无所获地返回N城，为了让我偏离正常轨道，来到这座楼跟前。

这样我就看见了她——一个穿着旧时代旗袍的女人站在大天井里，一层薄薄的雾状颗粒悬浮在我面前，折射着青黄色的光线，使她的身影不太清晰，像是被某种难以言说的帷幔阻隔着。这个女人是我在十年之后所写的小说《回廊之椅》中出现的人物，在她尚未到达我的笔尖之前，我跟她相遇了。

在那篇十年后才出现的小说中，我作为一个外乡人来到这里，我在这幢红楼中遇到的是另一个女人，是她的使女七叶，全部有关这个女人的故事，都是七叶的叙说，我始终没有见到她本人，我所见到的只是她的照片，全身坐像，黑白两色。我在小说中写道："照片中的女人穿着四十年代流行于上海的开衩很高的旗袍，腰身婀娜，面容明艳。这明艳像一束永恒的光，自顶至踵笼罩着朱凉的青春岁月，使她光彩照人地坐在她的照片中，穿越半个世纪的时光向我凝视。"

朱凉，当我在黄色光线映照着的红楼天井中看到她的背影，她的名字就像两颗晶莹透亮的水晶在浮光中飘然而至。她正像她日后将在她的照片中出现的那样，面容明艳，美丽无比。

她站在天井的夹竹桃树下，我将要走近她的时候她转过身来，我看到的就是我将在十年后看到的那个照片里的朱凉。她说：多米，我知道你要来。她的声音像从时间的深处逸出，带着穿越时间产生的气流摩擦声。我说我不认识你，她说：我们有缘分，隔世也能认识的。

她说你跟我来，她的裙裾拂动，散发出一种阴凉的气息。我跟在她身后，穿过空无一人的天井和回廊，走进一间看样子是客厅的房间，里面既黑又大，我只能看到朱凉的衣角在我面前隐隐飘动。正厅的屏风后面有一窄小的通道，穿过通道就到了后园。

我看到模糊的红墙之中的一块平缓的坡地，靠围墙放着一些大水缸，夹竹桃参差立着。我在这个陌生的后园中寻找早已消失了的往日影像，我看到朱凉的使女七叶在土改到来之前的某一个时刻出现在这个后园，那个隐秘的木门就在靠近楼墙的一只大缸的背后，我用手一推，木门轻易就被推开了。我弯腰从木门进去。

发现里面是一个夹墙,有一张桌子那么宽,一种我熟悉的气味从夹墙的深处散发出来。我看到七叶把朱凉送到这个幽闭的夹墙,她们在这里消失。

十年之后我笔下的朱凉神秘失踪,我本人则进入一个可怕的梦境,我摸索着往夹墙深处走,我全身紧张,手心出汗,陈年的香气从夹墙的深处漫出,我隐约看到前面坐着一个女人,我大声喊七叶,没有人回答我。那个女人像没听见一样一动不动,我壮着胆往前走近,那女人低着头,我看不清她的脸,只看见她穿着一件民国时期的旧式旗袍,这旗袍使我想起了七叶枕边的那照片,我想这个肯定是朱凉无疑,我轻轻叫了一声,她还是没有抬头,我壮着胆伸出手碰她一下,指尖上悚然感到一阵僵硬冰冷,我吓得转身就跑,忙乱中撞到了一个什么机关,这个人形标本僵硬地抬起了脖子,发出一声类似于女人叹息那样的声音。

在小说中我以一声恐怖的尖叫返回现实,我在旅馆的黑暗中看到,七叶苍老的面容、梦中朱凉的人形标本、妖艳的夹竹桃、阴森的夹墙,它们像一些冰凉陈旧的叶片从空中俯向我,带着已逝岁月的气味和游丝,构成另一个真假难辨的空间,这个空间越来越真实,使我难逃其中。

我便让自己搭上了一辆运盐的货车离开了此地。

但这些都是后来的事情,在当时,在我第一次到达这幢红楼的时候并不是这样的，就是说，我返回现实的方式有所不同，并不是从梦境的缠绕中以尖叫的力量返回现实，而是以另一种形式。

当时朱凉领我走上楼，我看到每层楼梯的拐弯处都有一个奇怪的小木门，我不知道它们是干什么用的。朱凉的脚步轻盈如飘，我听不见它们的声响。

我们走上三楼的时候我看到了那只放在廊椅上的茶杯，那只青瓷茶杯孤零零地在暗红色的廊椅上，一只杯盖斜盖着，那种我已经习惯了的青黄色光线照着它，有一种年深日久之感。

朱凉领我穿过回廊走进她的房间，一种我所熟悉的薰草的香气从里面漫出来，室内光线幽暗，那种让人不安的黄色光线未能进入其中。我发现这个房间比从外面看的要大得多，大得有些不真实，我坐在一张宽大的太师椅里，看到那床我后来在小说中提到的缎子丝棉被，被面是上好的底，上面是猩红艳丽的玉兰，看上去质感像水一样，又软又滑。

房间各处摆着一些核桃大的小香炉，朱凉在香炉上插上一小根干草辫，她点着它们，灰色婀娜的烟开始在房间里飘动，香草的气味渐渐充满了室内。这时我才看到，这个房间四面都是镜子，它的三面都是镶在墙里的大镜子，一面墙上是各式各样的大小镜子，连床头的木板、床的内侧都镶有镜子。

这使我心有所感。

朱凉说：我知道你喜欢这个地方，你迟早要到这里来，你以后还要到这里来的。

我有些疑惑。朱凉又说：你可以从这里出去，然后你将经历一场愚蠢的恋爱和一场单调乏味的婚姻。你经历过这些事件之后，你还将来到这里。

我问：我怎么才能出去呢？

你面对这面最大的镜子，闭上眼睛，在意念中想象你的身体穿过这面镜子，你要坚持这个意念，不能有任何杂念，直到我给你点的干草全部燃尽。朱凉说。

朱凉连同她的话音像烟一样消失了，我独自坐在这间满是镜子的奇怪房间里，看到自己的身影在四面的镜子里虚幻地浮动着。

我闭上了眼睛，穿镜而过的意念在眼前明晰地浮现。

我听到鼎沸的人声，董文华的《十五的月亮》正在喇叭里唱着，满街都是军人，我奇怪他们是从哪里冒出来的，后来我看到"文山州百货公司"的牌子，想起这是对越战争的前线，有一阵没有仗打了，军人们放心地在街上溜达。

有几个军人主动跟我打招呼，并立即就跟我攀上了老乡，他们说晚上有全总文工团的慰问演出，他们可以把我带进场，我想起我已经很久没有看演出了，就答应了他们。

第二天我跟部队的卡车去百色，从百色回到N城。

十年以后，我果然像朱凉所预言的那样再次来到这个地方，我找到那幢红楼，一个年迈的守门人告诉我，朱凉是五十年前这幢宅楼的主人章孟达的姨太太，她上过洋学堂，是这一带有名的美人，但她五十年前就死了。

我知道朱凉肯定在那间神秘的满是镜子的房间里等我，但她匆忙中忘记了告诉我返回的方法，我只有在那层黄色的光线之外，凝望囚禁在时间深处的影像了。

我到后园看了一下，那几棵夹竹桃还在，正开着妖艳无比的桃色花朵。

第四章　爱比死残酷

N城电影厂使我想起电影《蝴蝶梦》，那是我最热爱的黑白片之一，女叙述人的声音怀旧地在荒草丛生的小路上响起，一直通向已被大火烧毁的城堡，七零八落的残墙自远而近，寂静而荒凉。

　　我听他们说，明年将要发不出工资了，厂里将要卖地，连摄影棚都要卖了，他们说这是真的，连厂长都这样说了。我问卖什么地呢？他们说：就是录音车间旁边，你原来宿舍后面的那块空地。

　　他们怕我不记得这块空地，从窗口远远地指给我看。我从杂乱的房屋的空隙看到那地上的青草已经有半人高了，可以想见那空地全都长满了这样的青草，它们藤蔓修长，互相缠绕，在整个电影厂颓败破落的景象中散发着荒凉的气息。

N曾经在这块空地上补拍过几个镜头，那是一场夜景，我曾经坐在我的窗前，彻夜看他怎样指挥摄影、灯光、演员。他们在十二点开始工作，N喜欢在夜晚工作，午夜正是他脑子最活跃的时刻，在我跟他所厮守的那些铭心刻骨的夜晚，我对他的习惯了然于心，他总是要在清晨才能入睡，到中午才能起床。

　　我的房间正对着那块空地，在半夜十二点的时候，我所在的楼一片黑暗，我担心他们那个组的人会看见我，我特意把随意垂着的窗帘拉好，窗帘本来没有实际的意义（我在四楼，窗外是一片荒地），是招待所原有的财产。我一直住在招待所里，我对公家的床、桌子、椅子毫无感情，但我总要一再提到那窗帘，墨绿色的，厚而坠的平绒，一经进入了与N有关的场景，就成了我记忆中必需的道具。

　　他们把灯打亮，在沉睡的黑暗中他们就像电影，我的房间离他们有一百多米，但他们发出的声音我听得一清二楚，我十分奇怪，后来我发现这跟他们身后的一堵密不透风的高墙有关，这墙有四五层楼高，宽如两个球场，这是电影厂的景观之一，我想在别的地方可能没有这样奇怪的墙。我在电影厂四年，一直没能弄清楚那墙是什么，我觉得那个方向是摄影棚所在的地方，由此推想这样奇怪的高而宽的墙也许正是摄影棚的墙。厂里的摄影棚很长时间以来都闲着不用，像球场那样大的房子多年来空空荡荡，积满灰尘与蛛网，像是藏匿着无数饥饿的鬼魂。

谁都不到那里去。

除了他们。

他站在天棚上，天棚的边沿，这使他看起来像是站在那堵奇大无比的墙头上，墙头上有浅灰的铁扶杆，这种奇怪的场景只有两个地方能够看到：一是梦中，一是电影厂。

我听见他们的声音在空地上弥漫，他们说要抽烟，没有烟就支持不住了，他们的哈欠声在安静的夜晚特别响亮，特别地睡意浓重，他们的动作随之也像梦游一样。

他们是他的合作伙伴，摄影、美工、灯光。他们是他的四肢，他是他们的头脑，没有他，他们就是一些零散的沙子，在一些特殊的时期，他跟他们紧紧粘合在一起，于是由沙子而变成了混凝土。我们总是听说某某片子是某人导演的，却很少听说是由谁来摄影的，于是电影厂的人们都认为，整个剧组的人都是为导演工作的，但谁能心甘情愿地为了别人出名而好好工作呢？谁能控制住为别人工作时偷懒的念头呢？只有靠义气，只有结成铁哥们儿。

在特殊的时期，他对他们言听计从，在这种时候，他们一跃而成为他的大脑。他们说：要抽烟。

他的声音像回声一样从天棚上传下来。

他说：我这里有。

他又说：我用绳子吊下去给你们。

我站在我房间的窗前，心怀嫉妒地看着那根细如游丝的绳子从天棚上缓缓落下来，它的一头在他的手中，另一头绑着一盒烟。

他细心地问道：有火柴吗？

他们说：有。

他和他们的声音在空地上异常清楚，从我的阳台冰凉地传来，蛇一样从我心里爬过，我绝望地想到，对他来说，他们比我重要得多。

那时候我已经做了一次手术，把跟N的一个孩子做掉了，身心俱挫，黯然神伤。跟N见面的机会非常少，他整整三个月跟他的组在外景地，我常常整夜整夜地想念他，设想各种疯狂的方案，想象自己怎样在某种不可思议的行动中突然来到他的面前，想象自己如果真的一旦到了他的跟前，又是如何装得若无其事，只是以一个剧本责编的身份，不让他的搭档们看出一点痕迹。

但我总是未能实现我的那些疯狂的计划，我永远只能在幽闭的房间里才能有从容的思维和行动，一旦打开门，我就会慌乱，手足无措，我费了多少年的时间来克服我的这个弱点，至今仍未奏效。我想，我也许天生就是为幽暗而封闭的房间而生的。

我只有写信，在幽闭的房间里摆弄文字是我的所长，我给他写了无数信，把我那些疯狂的念头通通都变成了文字，像火焰一样明亮、跳跃、扭动。出于自尊，同时也出于某种不自信，我只给他寄了两封。我先寄出了一封，三页纸，含蓄、生动、略有调侃，让人看了就想回信。我等了半个月，又等了半个月，整整一个月过去还是没有回信。

我不知道该怎样度过见不着他的剩下的两个月，我又给他写了一封信，说我想念他，我甚至提到了那个被打掉的孩子，因为我们之间什么都没有，照片、信件、誓言以及他人的流言，如果我不提到孩子，对我来说，一切就像是虚构的，是我幻想的结果。我希望有流言蜚语，来证实我们之间的关系。

我给他寄走了这封信，这封信简短而有力，有点不顾一切。我想他会给我写一封短信的，一封不是情信的客气的短信。我手头没有任何一点他的字迹，我需要一样写在纸上的东西，以作为信物，放在枕边或其他秘密而亲切的地方。现在我才知道，那是多么可笑的想法。

他曾经向我借过一本书，马尔克斯的《族长的没落》，当时我正在责编一个将要由他执导的剧本，他说要从书中找点感觉。他把书还给我的时候我发现书中夹着两张纸条，上面有几个用铅笔很随意写的草字，这是他找到的感觉，他忘记把它们取下来了。

这使我如获至宝，两张字条上的字加起来不到十个，而且，如果我理智正常，我会发现那字写得多么难看，多么词不达意，代表了N城电影界低下的文字水平。但我什么也没有发现，我想这是他的亲笔字啊！夹着他的字条的那两页，字字生辉，充满灵性，我反复抚摸那两个页码，试图从中找出有关爱情的暗示，但我没有找到。

我把这字条作为我的一级宝物，我不知道如何处置它们才妥当，放在枕边、抽屉或者跟小时候的照片放在箱子里，我总是感到不合适。我一刻不停地想着要看、要抚摸、要用鼻子嗅、用嘴唇触碰它们。

我对它们一往情深。

因此我总是等他的信。我知道他在离N城三十公里的一个湖泊风景区拍外景，他们全部人马都在那里，在那里吃、住、干活儿、胡闹。我想他跟我谈论过那么多高雅的话题，先锋的电影、戏剧和文学，颓废的人生，时髦的名字（海德格尔、维特根斯坦、罗兰·巴尔特），以及大麻。大麻也是时髦的东西，据说真正献身艺术的人都要抽大麻（我不止一次告诉过他我藏有这种东西）。我一厢情愿地想，在他的组里，那些流氓无产者出身的搭档怎么能跟他谈论这些高级、深奥、时髦的话题呢，他一定深感寂寞，寂寞而无聊。

于是我更加一厢情愿地想，我的信含情脉脉地掠过湖面，像燕子一样轻盈地到达他的手里，他在晚上夜深人静的时候读我的信，温情在他的心里涨起，等等，我不想再继续如此庸俗地描述我的幻想了。其实我毫不自信，我隐隐预感到，我的第二封信的结果会像第一封信一样，不会有任何回音的，他一定是担心有只言片语落到我的手上成为日后的把柄，他既不爱我，也不信任我，这些我全都悲凉地感觉到了。但我又总是想，不会这么一败涂地，凭着多次的彻夜长谈和牺牲掉的一个孩子。

我把第二封信发出后，一时感到精疲力竭，我再也没有力气像等第一封回信那样来等待了。等待的日子一日长于百年。在第一个月里，我的盼望、力气和柔情全都消耗尽了。等待就像一个万丈深渊，黑暗无比，我只要望一眼就足以放弃一切愿望。为了逃避等待，我一定要离开N城，这是等待之地，是他的信应该寄达的地方，我只有逃离此地才能越过这个深渊。

我没有别的地方可去，只有请探亲假回B镇。我把信发走的当天就回到B镇了。在B镇，我可以幻想着他的信已经寄达N城，只要我回厂就能拿到，这避免了我一天跑两趟收发室。

我以为我到了一个真正可以安憩的地方。

现在我发现，本章叙述至此，我一直还没有提到一个重要的角色，我故意不提她，但她的阴影总是在我的四周浮动，她的形象面容像鬼魂一样使我害怕，她的力量直抵我的笔尖，她使我的爱情故事具备了必要的因素，使我的恋爱生涯增加了色彩。

一定是要有夹在中间的女人的，或者是她夹在我和 N 中间，或者是我夹在她跟 N 中间。

这夹在中间的女人不是他老婆，这跟第三者无关，我认识 N 的时候他是一名坚定的独身主义者，三十四岁的单身男人，这使我眼前总是出现无数的女人，她们靓丽风流，随风而至，我跟 N 之间，就隔着一条她们漂浮于其中的河流，在彻底不眠的夜里，我闭上眼睛就看见她们在透明柔软的水流中央轻盈地歌唱，河水从她们的脚下流过，她们明亮幽黑的眼睛布满我夜晚的房间，她们艳丽的裙裾拂过我的脸颊。这些女人我一无所知，我总是在虚无中看见她们，她们在我的眼前鱼贯而过，面容模糊，腰身婀娜，三围性感。她们使我妒火中烧。

我怎么能提到他的剧组而不提及他的女演员呢？那个他踏破铁鞋、走遍全国的文艺团体千里挑一挑出来的美丽的女主角。我的小说中经常出现 N，他有时贯穿始终，有时擦身而过，但我从未提到她。

董翮。

这个名如其人的名字美丽耀眼地发出钻石般的光芒，它白昼般地照亮了我隔壁的房间以及那个雾气蒸腾的卫生间。

她被剧务领来，她说她刚下飞机，她叫董翮。听到她的名字我愣了一下，这是多么出奇制胜的名字。她住进我的隔壁，一股幽香立即弥漫了她的房间。我在隔壁闻到这股香气，感觉到它们是穿墙而过的精灵。招待所打扫房间的女人对我说：真奇怪，怎么同一个房间，女人住就香，男人住就臭。我说大概女人用香水，男人抽烟。她说不对，那香并不是香水的香，那臭也不是烟臭，说不清是什么臭，总之是一股浊气。

此话甚得我心。

不知道董翩为什么没有被安排住高级宾馆，凡是到N城拍片的演员，主角或稍有名气的主创人员一律住宾馆。剧组总是有钱，制作成本也逐年提高，常常是全剧组不分高低上下一律住宾馆。董翩十分年轻，她落落大方地告诉我，她二十岁。（美丽而又落落大方的女孩真是太少了，凤毛麟角！）我想N将要拍的是一部艺术探索片，也许经费紧张。我对董翩不住宾馆却住在了我的隔壁这件事想了又想，虽然有各种解释，但我还是感到了这事充满玄机。

隐隐的幽香漫过我的床头，我把它看作利剑的光芒，上好的剑，刀刃雪亮锋利，寒光闪闪，横空出世，闪耀在我和N之间的幽暗地带。

有哪一个男人能抵挡得住一个既年轻又美丽的女人呢？在这个时候，所有的男人都会是动物。每当我的男文友夸我气质如何好，甚至是他们所见的女人中最好的，每当碰到这种暗藏着另一句潜台词的夸奖时，我总是对他们报以宽容的一笑。我知道，有董翩在，一切精神和气质，一切时髦的话题、高雅的书籍，甚至大麻，一切，统统都是狗屎。

董翩是被找来扮演仙女的，N要拍的是一个神话片，大家都以为他的这部片子拍成后会拿到一个什么奖，当时他是厂里呼声最高的青年导演，有风声传出，有一位若隐若现的女人要为他在法国搞一次个人影展。这个女人神通广大，业已成为法籍华人，大家认为，影展的事无疑会给N带来巨大的成功。于是所有的人都隐隐觉得，仙女董翩在此片中将要一举成名，她被仙女以及将要到来的奖杯所围成的光环瑰丽地笼罩着，更加美如天仙。我的优点和弱点之一就是总把对手完美化，我从来看不到对方的缺点，我常常克制不住地要对人夸奖我的对手，我从不说对手的坏话，我衷心地认为她们比我好。我常常为此痛苦万分，但我从不会找出自己的一个长处来击败对手的短处。我不知道这是不是一种自虐心理。

后来N的影片拍出来没有获得成功，人们纷纷发现，是女主角找得不好，大家说，这女孩的脸太大了，一点儿仙气都没有，毫不飘逸，分明就是一个现实生活中的俗人；大家说，你们看看这部片，从头到尾，女主角没有一个镜头是正面的，除了远景，连中景都是侧面的，这说明N也知道，这女孩的正面要不得。

我的心里无比畅快，有落花流水之感。

N的这部片子便因此被迫改了一个既俗气又肉麻的片名,以便投放市场,结果只卖出了三个拷贝,奖也没有评上,整个一个大赔本买卖,既不得名又不得利,全厂分不到奖金,怨声载道。N大败。

我的心里无比畅快,我喜欢N失败,失败得越惨重越好,最好是坐牢,这样他就能为我所得了。或者不必坐牢,只需挫折就够了,挫折中的N要找人谈谈发泄他的苦闷,他只能找到我。一个成功的N只能离我越来越远。

这些都是后话。让我回到董翩的话题。

没有任何迹象表明N跟董翩有特殊的关系,虽然在电影圈中,导演跟女主演的暧昧关系是很普遍的,甚至有人对我说,导演跟女演员,肯定就是那样的,那是一种必要的关系,一个导演应该爱上他的女演员,这样戏才会有光彩。

我无法猜测他们,一点儿根据都没有,他从来没有到招待所来找过她,一次都没有。她说到他的时候每次都落落大方,我从她的脸上找不到半点儿忸怩、掩饰、羞涩,如此落落大方的女孩真是十分罕见。

相反我疑心她是一眼看穿了我的心思,她住进招待所的第一个晚上十点多才回来,我想象她跟N幽会去了,我在我们的套间里四处走动,焦灼无比,我走遍了前后的阳台,远眺近望,均看不到她的身影，卫生间里她沐浴后的水汽的清香还未消散，我呼吸着它们，心里充满绝望。晚上董翩回来的时候，告诉我她去南园宾馆吃饭去了，剧组给她和另外两位演员接风，厂领导也去了。我放心地睡了一夜。

第二天下午她告诉我她去试妆。第三天下午她告诉我全剧组开会。她总是让我放心。我并不是这个神话片的责编，跟她一点点关系都没有，我想，这真是一个冰雪聪明的女孩。

她的打扮毫不俗气，她穿什么都好看，我印象最深的是有一次她穿了一条深色花的紧身短裙，外面罩了一件又大又长的男式衬衫，头上戴了一顶非常大的草帽。她使我的眼睛一亮，有哪个女孩能将一件最没有韵味的男式衬衣穿得如此随意、洒脱、大气、别出心裁呢？这绝不是一般市井女孩所具有的，我想这董翩定然出自一个颇有教养的家庭。

总之这是一个完美的女孩。我的朋友老黑是省报文艺部记者，曾奉命采访过N的剧组，在现场看了几个镜头的拍摄，她说那女孩化了最好的妆，又打了最恰到好处的灯光，真是美得不得了，拍手的特写的时候，灯光打得这女孩的手指像一种半透明的玉，我看了都动心，更别说男人了。老黑说。

在N城，老黑家是我周末的避难所，周末是N肯定不会来的日子，他说他要在家陪母亲，他家里只有母亲和他。我跟N是一种地下关系，平时他总是在下午一两点之间到我房间来，这个钟点空气中总是布满了浓睡的气息。四周没有一个人，单车棚、走廊、楼梯全都处在一种心惊胆战的安静状态中，他脚步轻捷，动作快速，一步跨两级楼梯，像贼一样潜至我的门前。很久以后我才想到这个问题，他为什么要偷偷摸摸避人耳目呢？他为什么不愿意别人知道他经常到我这里来呢？

在那些中午，我总是睡在床上，披头散发，中午是我精神最不好、状态最差的时间，我是那种不睡午觉就像生病一样难受的人。而午睡时间恰恰是N的清晨，他总是十一点半左右起床。他在这个时间来，肯定总是看到一个面色蜡黄、蓬头乱脑、睡意未醒的憔悴女人，我现在想，那是多么不堪入目，多么让男人爱意顿消的形象。当时我不太想到这些，我从来都没有想到可以让他在门外稍候，我则可以洗脸梳头化些淡妆，把房间整理一下，如果我要隆重地迎接他，我还可以换上一件好看些的衣服。

但我全然不顾，我一点也不知道女性应该在外表作些修饰来取悦男性，我以为仅有一个平等的精神和爱就够了。我一心想的是不能让他在门口久等，我虽然不怕，甚至有些希望别人看见他来找我，但我知道N怕人，我也就替他怕起来，而且我满心想看到他，一听到那特别的敲门声我就立即从睡梦中跳下床，我总是在梦中就能辨别他的敲门声。我连鞋都来不及穿好，常常是光着脚就扑到门口，让他一眼就看到我的迫切之情，天底下再也没有比这更傻的女人了。

N从来没有在中午看到我的时候眼睛一亮，我把这归结为我的白天状态不好。我是那种只有在夜晚半明半暗的灯光下才能显出魅力的女人，光线对我有着十分强大的塑造作用，我对光线异常敏感，害怕强光，在任何场合，我总要逃避明亮的光线。我的一个女友注意到，甚至在等候公共汽车的时候，我也要躲进电线杆细长的阴影里，我自己并没有意识到，连路灯的光线我都无法忍受。这是她告诉我的。所以我喜欢夜晚见人，如果是白天，最好是在地下室里。

肯定不是因为需要光线暗淡来遮盖我在五官或皮肤上的不足，我的五官很有特点，深目丰唇，有异域情调，我的皮肤细腻而富有光泽，这点已经被许多的女人夸奖过许多次了。我指的是另一种东西，类似于神采那样的东西，在过于明亮的光线下它们深藏内里，使我看起来木然平淡，只有在暗淡的光线下，我的神采才会像流水一样流淌出来，光芒与魅力也就随之溢满全身。有人说，我在夜晚的灯光和在白天的阳光下是完全不同的两个人。

我只有少数的几次才在夜晚与N相对而坐，我的优势在他那里丧失殆尽。

总是等他来找我，我却不能去找他。我总要费心猜想他周末的晚上去干什么，跟谁在一起。有一个简单的办法，就是打电话到他家去，但我十分不能坦然，打电话就像面对死亡，不知道说什么才能得体，说什么才能自然。事实上我不管说什么都紧张，说什么都声音变调，不管将要说什么，我总是两腿发软，手心出汗。事隔多年，当我心如止水，我才明智地看到，爱情真是无比残酷的一件事，爱得越深越悲惨。我想起德国著名导演法斯宾德的影片《爱比死残酷》，我一直没有看到这部影片，但这个像太阳一样刺眼的片名就像一把尖刀插进我的生命中。经历过残酷爱情的人，有谁能经过刀刃与火焰、遍体鳞伤之后而不向往平静的死亡呢？能穿越爱情的人是真正的有福的人。

我不敢在厂里给他打电话，我担心总机会偷听，担心会串线，我将要向他说出的话都是珍珠，我要让它们在我所设想的空气中抵达他。我总是到一个我认为安全的地方给他打电话，不过在那些最绝望的时刻，我会想不起这些，人家所见有什么要紧呢？除N以外的别的什么人我都看不见，只看见电话就像一个深渊，我无可挽回地对着它失声痛哭，说不出整句的话。我哭泣的声音在厂里空地的荒草上飘荡。

我总是在老黑报社后门的传达室给N打电话，那里灯光暗淡，人迹罕至，是我心仪的好地方。

周末他总是在家，电话一打就通，总是他接。这使我放心和感激，我就此认定他没有别的女人。在电话里我不能说别的，永远只能说买书的话题，买了一本什么书，作者是谁，等等。很多的时候他就照样去买一本。我很不满足这种局面，这是他形成而且控制得很好的局面，这种局面的效果使我们之间没有恋人的感觉，尽管我们都已经有了一个打掉的孩子了。

我只有在空虚的周末上老黑家，老黑家跟N的母亲的单位只隔一条马路，越过这条马路走上一个斜坡就是N的家，到老黑家过周末是否有离N近一些的意思？

老黑是我愿意倾诉的对象，这是N城文化界既有名又有家庭幸福的唯一女性，在N城，几乎所有小有成就的名女人不是已经离婚就是即将离婚。老黑说不上漂亮，但她充满智慧和自信，她跟领导吵翻后立即举家调到广州，在这个南方最大城市的一家大报干得有声有色，一举获得了高级职称，把原单位的领导气得半死。这真是一个出色的女人。在老黑和董翩之间我总是左右摇摆，一会儿认为女人的智慧是最要紧的，一会儿又觉得女人只需美貌就够了。

我告诉老黑关于孩子的事情，我说我是多么后悔多么伤心。我像一切留不住男人就想留住男人的孩子的女人，眼泪汪汪地对老黑说我想生一个私生子，老黑马上很积极，呼应说：生！我来给你侍候月子。她随口又把食谱报出，说要刚打鸣的公鸡用姜酒炒了炖给我吃，又说用黄豆炖猪蹄喝汤发奶，还盘算了尿布童衣各需多少，像是私生子已经生下来了一样。

这使我感到轻松。

这是残酷而沉重的爱情中难得的境界，在整个过程中绝无仅有。有一次我跟老黑谈N，她正色说道：这么好的感情给他，真是可惜了！我说这辈子我不会再爱上别人了，不管N发生什么事情，他结不结婚，反正我一辈子爱他。这些话出自一个三十岁女人的口中多少有些滑稽，老黑用恨铁不成钢的语调对我说：哎呀不会的，怎么会呢？你现在是鬼迷了心窍看不见别人，优秀的男人多的是，你以后慢慢就会看到了，看到之后你就会发现N身上有许多毛病，慢慢你就会淡了，然后你就会爱上别的男人，会结婚，会有一个孩子，用不着生私生子。

我觉得老黑一点都不懂得我的爱情的深度和纯度，我绝对不会爱上别人了，我不是一个见异思迁的女人，我的爱情举世无双。

老黑到她的卧室去睡觉，我独坐她的书房，倍感孤独。

我体会到爱情就像一股你无法控制的气流，它把人浮举到空中，上不着天下不到地。我毫无睡意，胡思乱想，最后我决定到门口值班室给N打一个电话，问他在干什么。到了值班室我忽然又没了勇气，徘徊了一阵，竟走到了街上。我过了马路就往N母亲的单位走，心里乱乱的，不知该跟门卫说什么，门卫倒没把我叫住，于是我走过那个长长的大斜坡，来到N家所在的宿舍楼跟前，我站在树叶阴影下仰望他家窗口的灯光，直到夜深才走。

这是一个十分滑稽可笑的场面，只有在古典浪漫主义戏剧里才能看到，跟现实相去甚远。但是这个女人长期生活在书本里，远离正常的人类生活，她中书本的毒太深，她生活在不合时宜的艺术中，她的行为就像过时的书本一样可笑，只有遭此一劫才能略略地改变她。

站在平台望灯是我的爱情生活中的重要一幕，我更多的不是到老黑家时去N的母亲家守望，更多的是在电影厂里。N在厂里有一套宿舍，在宿舍区深处的新楼第八层，在我宿舍的过道、阳台、楼顶平台以及卫生间里都能看到他的窗口。

在那个时期，我生活的主要内容就是到阳台、过道、楼顶平台、卫生间，看他窗口的灯光。只要亮着灯，我就知道他一定在，我就会不顾一切地要去找他，我在深夜里化浓妆，戴耳环，穿戴整齐去找他。我穿过楼前的空地，我总是怕人看到，我走上八层的楼梯，在他的门口总是双腿发软，我总要把耳朵贴近他的门听声音，我担心碰到别人。他的屋里总是有人，一般他住在厂里的时候就是他要工作的时候，他的工作方式就是跟他的合作伙伴谈他将要拍的片子。在这样的夜晚，我总是听到他的门里传出别人的声音，我只有走开。

我下八楼回到自己的房间，把耳环摘掉，把妆洗掉，我的妆白化了，衣服也白换了。

在他出去拍片的那两个月中，我猜想他也许会回来一两次的，既然外景地离N城不远。我便常常在夜晚到楼顶看他的窗口，当时是夏天，我可以装作乘凉。一夜又一夜过去，他的窗口总是黑的，但我还是一夜又一夜地到平台去。有一个晚上，当我洗完澡走到楼顶时，突然发现他的灯亮了，我欣喜若狂冲他的窗口叫了一声。已经十分晚了，我的声音像一声怪叫，他走到窗口向我招手，我来不及化妆打扮就一路小跑跑上他的八楼。那个夜晚我们在一起，那些落空的夜晚便全都有了意义。

对我来说他无所不在。

我甚至不用到平台去就能感觉到他是否在房间里，这种感觉准极了。我为了证实这种感觉，就反复到平台上去，搞得自己什么事情也干不成。

最令我精疲力竭的是那些无端臆想的眺望。

有一次，我看到他的自行车跟一辆红色的女车并排放在一起，一辆女车就是一个女人，就是说，有一个女人跟他在一起，我充满嫉妒，痛苦万分，我几乎每隔一分钟就要到过道的窗口看一次，我决心看看这个女人是什么样子，看她是不是漂亮，是不是时髦。但我突然发现N的车不在了，那辆红车还在。我刚刚松了一口气，但我立即又想，也许他去给她买吃的东西了，痛苦重新回到我的身上。我继续每隔一分钟就到窗口看，他的车果然又回来了，还是放在她的车的旁边，我想这一定是真的了，他一定跟她有关系了。中午的时候我再次看到他的车走了，红车还留在那里，这次我想，也许是他让她单独留在他的房间里。

只有亲眼看到是谁在骑这辆红车。

我死守这个窗口，终于在傍晚的时候看到一个矮个的胖男人骑着这辆红车出来了，他上车的时候很艰难地跨着腿。

这一切无聊极了。

我没有力量克服自己，我总要到那里去，看他的自行车在不在。

我不能告诉他，不能让他知道，我也不能告诉老黑，我要故作潇洒。

现在N城电影厂荒草丛生，昔日著名导演和明星进进出出拍片的繁荣景象一去不返了。厂大门冷冷清清，以往坐满摄制人员的石凳石桌也已布满尘土。石桌旁丢弃了一些破旧的木板和砖头，以及变形的旧道具，一片颓败之气。

他们说厂里要卖地了。他们说厂里明年就要发不出工资了。他们说幸亏你走掉了。厂里整整一年没上片了，导演和摄影都没活儿干，美工还可以给人搞广告，文学部的人也可以给人写点小文章赚钱，只剩下导演最惨。导演高高在上的日子过去了，不知N怎么样，如果他不去拍广告，恐怕以后吃饭都成问题了，但我碰到谁都没问，我不关心他的吃饭，我已经不再爱他了。他们说我比几年前显得年轻，状态好多了。我想这都是因为我从爱情的折磨中逃了出来，爱情使人衰老，爱比死残酷。我现在远离爱情，平静度日，每天有充足的睡眠，能吃下饭，不焦虑，不嫉妒，我是比从前显得年轻多了。

　　来北京不到半年我就把N淡忘了，我本来坚信我会爱他一辈子的，我想我离开他他就会爱上我了，至少他会对我好一些，至少他有时会想到我，距离总会带来一些想念。我想我将给他打长途电话，在他生日的时候打到他家里，我当然还要给他写信，隔着这么远，他一定会给我回信的，我担心写到厂里会被别人发现，我走之前特意问清楚了他家的邮政编码，他把他姐姐的地址告诉了我，让我把信写到那里去，这个地址后来我基本上没有用。

　　这么快就把N忘了使我感到吃惊，我真正体会到了爱情的脆弱多变，我曾经坚信，我是可以为N去死的。六月的时候N正在北京，我在N城听说那边常有流弹，我便一次次地想象N被流弹击中的情形，他在街头被子弹击中，修长的身体像在慢镜头中一样缓缓地倒下来，鲜红的血从他的胸口喷涌而出，天无限的蓝，太阳是黑的，我感到心如刀割，万念俱灰。我想在他的追悼会上我以什么身份出现呢，我穿什么衣服呢，我将穿一身白色连衣裙，或一身黑色连衣裙，同时我又想，如果他这次不死，如果他在冬天里出车祸死，我将穿黑色的毛衣和黑色的长筒靴子，我将在众人面前痛哭，我不可能止住我的哭声和眼泪，然后我将照顾他的母亲，听她讲他小时候的故事，这就是他死后我最大的精神食粮，我会告诉他母亲我曾经怀过他的一个孩子，为了他的事业我做出了巨大的牺牲。

我一次又一次地想象他的死，于是我的眼前再次出现了乌黑的枪口，我紧紧盯着这黑洞，我想只要有一颗子弹飞向他，我一定惊叫一声扑向前，用自己的身体挡住这颗子弹。我感到自己的胸口热乎乎的，鲜血从心上呼啦啦地流出来，然后倒在马路上，他将眼含热泪把我抱起来，我则在他怀里幸福地咽下最后一口气。

我心急如焚，连夜赶到市中心的邮局往那边挂长途电话，我要告诉他，我愿意为他挡子弹。电话终于接通的时候，他一点机会都不给我，他说他们都在守着电话机，他们没有粮了，让我跟厂长说说情况，他们要下馆子，我心急如焚，满腔的热情表达不出来，刚刚带着哭腔说完：你千万不能出什么事啊！他就说：如果没有什么别的事，就先这样吧！

我在深夜里独自骑车回到厂里，一路上胸口满是被子弹击中的感觉，以及他抱着我的尸体从大街上走过的幻影。

我想我真是太可怕了，不到半年就淡忘了N，我到北京后只给N寄过一张明信片，我把明信片寄到厂里，我想厂里的人肯定都已经知道我跟他的事，明信片明明白白地写着一些平常的话，以保证我的自尊，我知道在这场恋爱中我为了爱情的确顾不上自尊了，这是爱情对我的伤害之一，我想我还是要往他的家里给他寄信的。

但我一直没有写，开始我还给他寄过两次报纸，那上面有我的文章，很快我就懒得寄了。

这使我想到一个严重的问题，当初我是不是真正爱过？我爱的是不是他？我想我根本没有爱他，我爱的其实是自己的爱情，在长期平淡单调的生活中，我的爱情是一些来自自身的虚拟的火焰，我爱的正是这些火焰。

认识N的时候我三十岁，这是一个充满焦灼的年龄。自二十五岁之后，我的焦虑逐年增加，生日使我绝望，使我黯然神伤。我想我都三十岁了，我还没有疯狂地爱过一个男人，我真是白白地过了这三十年啊！我在睡梦中看到自己的暮年骤然而至，我的头发脱落，牙齿松动，脸上布满皱纹，我的身上从未接受过爱情的抚摸，我皮肤中的水分一点点全都白白地流失了，我的周围空空荡荡，我像一个幽灵在生活着，我离人群越来越远，我对真实的人越来越不喜欢，我日益生活在文学和幻觉中，我吃得越来越少，我的体重越来越轻，我担心哪天一觉睡醒，我真的变成了一个幽灵，再也无法返回人间。

我离正常人类的康庄大道越来越远了，如果再往前走我就永远无法返回了。这个意识使我悚然心惊，我还没有生活过，我不愿意成为幽灵，我必得拯救我自己，因此我发誓我一定要疯狂地爱一次，我明白，如果再不爱一次我就来不及了。

在我二十九岁的时候，我想我一定要在三十岁到来之前爱上一个人。但我远离人群，对真实的男人我一无所知，我像一切不谙世事的女中学生一样虚构了一个偶像，我虚构的偶像跟她们的毫无二致，当时正时兴高仓健，我就毫无创造性地爱上了高仓健，我爱他的身材高大，面容冷峻，我根本不知道，一个冷峻的男人对女人意味着怎样的灾难。

在我三十岁生日到来之前的一段日子里，有一天，部主任打电话让我到厂里来一下，当时我还没搬到厂里住，一般只在周一到厂里开例会，平时没事不用上班，就待在家里写东西。那天不是星期一，主任说：有个本子，你来吧！我那天心情不错，自我感觉良好，略化了化妆，就披了一件式样古怪的短呢大衣出门了。短大衣做得像一件飞毡，颜色鲜艳，只有一个口袋和一个扣子，这件古怪的衣服为我增色不少，我又穿了一双高跟长筒皮靴，弥补了我个子方面的弱点，看起来大概也是小小的有些挺拔。正是冬天晴朗的下午，我一路顺风骑车到了厂里。上了楼，一眼就看到办公室里主任的对面坐着一位身材高大的青年男子，后来N告诉我，他的身高是一米八三。事情总是这么奇怪，我自己身材矮小，却偏喜欢高大的男人，光一个身高就能征服我，我想我是多么的浅薄，多么的追逐时尚，多么的注重形式，难道形式比内容重要吗？

我第一眼看到了N的身高，第二眼看到了他的面容，第三眼看到了他的气质，他的五官长得跟高仓健一模一样，高鼻梁，脸上的皮肤较粗糙，显示出岁月沧桑的痕迹，他的气质深沉冷峻，简直比高仓健还高仓健。

我一眼就看中了他。看一眼我就知道我将发疯地爱上他。我看到他也看了我一眼，我明白无误地感觉到他看我一眼时眼睛一亮。我暗暗庆幸自己穿了这件毡式的短大衣，我想N虽然见过不少时髦的女演员，但他以为今天将要见到的肯定是一个又丑又土的女文人，他意外地发现这个女人的衣着是如此大胆和富有个性，这超出了N城的水平。在后来的日子里，N总是对我说：N城人全是农民。

我的衣服给了我极大的自信，我微笑起来，我想，那一刻一定是我最有光彩的时候。我听见主任说：我来介绍一下，这是N

城的才女多米，这是我们最有潜力的青年导演N。

我们对望了一眼，几乎同时说：怎么同在一个厂子里，以前竟没有见过。似乎都有相见恨晚的意思。

我在心里说：让上帝保佑他没结婚，让上帝保佑他没有女朋友。很快我就知道了他正是既没有结婚也没有女朋友，而且不多不少正好大我四岁。我想这正是上帝送来给我的，我等了整整三十年就是为了等他啊！我如同一个性能良好的自燃体，一点点阳光就使我奋不顾身地燃烧起来。我毫不矜持，不顾自尊，一无策略地爱了起来，刚刚交谈了两次就迫不及待地想把自己交给他。跟他交谈的内容使我喜出望外，他读的书竟正是我读的书，这使我对他大大地产生了好感，那时我刚刚从北京组稿回来，买了一批新书，我以为N城不会有人有的，他却说他有，我马上就觉得他跟我是同一类人，是N城的精英分子，我想我终于找到一个知音了，我想他是在N城唯一能跟我交谈的人，而这个人像高仓健，这是多么难能可贵。我像一切幼稚的女中学生一样通过交换书名人名来谈恋爱，他说现在的国产片是如何糟糕，国内演员的素质是如何低，观众的趣味又是如何俗，他把我认为不错的国产片批判了一通，认为这是媚俗的问题，他说他独立拍的第一个片子拷贝为零，说他是为二十一世纪拍片的，现在的观众看不懂他。

我便对他五体投地。我那时坚信，拷贝为零的导演是世界上最伟大的导演。

他开始讲他的计划，他说他以后将辞职，带上十六毫米的摄影机去流浪，随意拍摄自己真正想拍的东西。我说有流浪诗人和流浪画家，还没听说有流浪导演的。我说我要写一个长篇，写你的流浪与电影界的精神窒息，他却又说要放弃电影，改写小说，一开头就写他辞职，然后给所有跟他有过交往的女人拍电报，说永别了，我已消失。

我忽然难过起来，想哭，我的脑子里汹涌而出的是臆想的大批女人，我想她们到底是些什么样的女人呢？

他问：你怎么了？

我勉强笑了一下，却马上就哭了。

他说：你又笑又哭，疯了。

我不说话。他说：我是注定一个人流浪的。

第二天他又来了，他带来了音带，斯特拉文斯基的《火鸟》，还有《查拉图斯特拉如是说》。我告诉他我也要当导演，我要去考电影学院，我说一个女人到了三十岁才打算当导演，这是长篇的第二副线。他说：你想当导演？是想把男人抓在手里吗？

他第一次来的时候带了葡萄，第二次来就给我带书，他送给我刘晓波的《选择的批判》，这是那年最畅销的书，青年知识界人手一册，N城一时脱销，他说他多买了一本，随后他还送过我《菊与刀》、索尔·贝娄的《洪堡的礼物》、伍尔芙的《到灯塔去》、萨特的《理智之年》、索尔仁尼琴的《悲怆的灵魂》。我之所以把这些书名罗列在这里，是因为它们全都消失在N城了，我说过的那场大火把它们烧毁了，冥冥中保佑我的神灵让我不再看见它们，让我从此平安度日。

他还应我的请求带来了他小时候的照片。我常常凝望他的那张百日婴儿照，幻想着能生一个跟那一模一样的孩子。

我无穷无尽地爱他，盼望他每天都来，来了就盼望他不要走，希望他要我。其实我跟他做爱从未达到过高潮，从未有过快感，有时甚至还会有一种生理上的难受。但我想他是男的，男的是一定需要的，我应该做出贡献。只要他有几天不来我就觉得活不下去，就想到自杀。我想哪怕他是个骗子，毫无真才实学，哪怕他曾经杀人放火强奸，我都会爱他。我想，如果他真的去流浪，我就养着他。

我总是等他，我不知道他什么时候来。就是在这个时候我抽烟抽上瘾，我的大部分钱都用来买烟了。我总是买摩尔烟，他不喜欢女人抽劣等烟。

偶尔有一两次，我跟他谈到结婚的事情，我太想跟他结婚了，他说结婚只是一个形式，我说我非常想要这个形式。他说他不是一个适合结婚的人，他是独身主义者，他将永远不结婚。这使我失望极了，我的眼泪夺眶而出。他说握握手吧，我知道他这是安慰我，我把手伸给他，他握了一下，说你的手心全是汗。

我希望能发生奇迹，能够改变他的想法。我想通过婚姻把他捆在我的身边，只有婚姻才能做到这一点。当然两人相爱很深也可以不结婚，但他并不太爱我，何况爱情是很靠不住的，就连波伏娃与萨特，到了晚年两人也分开了。

没有永恒，甚至也没有一个时段，只有瞬间。一切都在流动，从一个瞬间到另一个瞬间。

所以在他看来，结婚是愚蠢的。

但我无法离开他。我觉得他的一切都无比神奇，他可以连续二十四小时不吃饭，只喝咖啡，我便认定他是一个超人，他那么高，我也觉得是一个奇迹，他身上的皮肤非常光滑，像女人的一样，白而细腻，他的腰出奇地细，在侧卧的时候可爱地凹陷下去，他的肌肤有一种隐隐的体香，像少女一样发出香气，又具有男人独特的气味，他的体香是一种奇怪的混合，非常好闻，让人心醉。

我还要再次提到他手臂上的疤痕，那圆形的疤痕就像一只眼睛，从过去望到现在。他说曾经有一个女孩一定要跟他好，他不打算跟她好，她说他不跟她好她就要去死，他说你说我怎么办？又不能打她，他对她说：我不能为了你放弃我的自由，为了我去死不值得，世上的好男人多得很，你一转身就能碰到。女孩说她只爱他一个人，如果他不爱她，她一定去死。N说他被逼到这个地步，他只好把烟头按在自己的手臂上，烫得皮肤嗞嗞冒着烟，他对那女孩说：我烫伤了自己，虽然这伤不大，但这会留下一个疤，一辈子都去不掉，我今生今世记住你的情分，这总可以了吧。后来那女孩大哭一场，绝望而去。

我总是抚摸这个疤痕，只要我看见他，我就会想起他的疤痕。我在黑暗中能准确地找到它的位置，我用指尖抚摸它的边缘和中心以及它表面细小的网络，心里怀着隐隐的痛楚。这个疤痕就像一个深藏内容的永不眨眼的眼睛，在夜晚睁大着。我看到许多女人的面容像花一样从那里奔涌而出。我对他过去的女人一无所知，他曾经与之做爱的女人，他曾经拥吻过的女人，他曾经为之单相思的女人，我对她们一无所知，但她们像空气，无所不在。她们在空气中飘扬她们长长的睫毛，她们黑色的长发在风中飘荡，她们凝视我，她们在说，既然她们中间没有人得到他，那么你也不会得到他。

我从认识他开始，就等待着失去他，我知道，这一天迟早会到来，就像死亡。

在那些绝望的日子里，我仍然写我的小说。或者是他，或者是小说，二者必居其一。所以在他不来的日子里，我就拼命写作。那一段我一口气写了两个中篇，这是后来在提到我的小说时人家总要说到的两个作品。一位朋友曾经对我说，我与N的恋爱就像"文革"之于我们的国家，穿过苦难与炼狱，然后出现文学的繁荣。当时我常常一边抄稿一边哭。我对着镜子抄稿，我看见我的眼睛大而飘忽，像一瓣花瓣在夜晚的风中抽搐，眼泪滚落，像透明的羽毛一样轻盈，一点重量都没有，这种轻盈给人一种快感，全身都轻，像一股气流把人托向高空，徐徐上升，全身的重量变成水滴，从两个幽黑的穴口飘洒而下，这就是哭泣，凡是在半夜里因为孤独而哭的女人都知道就是这样。

这种哭泣给人快感，比笑的快感更深刻。

就是在这个时期，我怀孕了。我去做了检查，确定之后我把结果告诉他。他第一句话就问：做手术很痛是吗？这话问得我全身冰凉。那几天他恰好外出了，他婴儿时期的照片被我扣住，我说我还要多看几天。我天天看他小时候的照片，我想我已经怀上跟他小时候一样的婴儿了，我对那个刚刚出现的肉虫子有了无限的感情，我想我要把这孩子生下来的，这是他的孩子啊！但是我听见他说：做手术很痛是吗？他又问：要不要打麻药？要多长的时间？要住院吗？最后他总结性地说：很烦人的，不好。我说应该烦的是我，是我在承受一切。他有所悟地问道：你想要啊？我说：我想要，我知道你是不想要的，让我承担一切好了，一概不要你管，我来生一个私生子，我自己把他养大。他毫无思想准备，一时说不出话来。他愁眉不展，只一味抽烟。我们僵持着谁都不说话。后来他说过几天他就要外出了，去半个月，要在这几天做出最后的决定。

这之后有两三天两人对坐着，反反复复说着一些同样的话，我要他表个态度，我说：你说怎么办？他说：我听天由命，你说怎么办就怎么办。我说：你逃避现实。他说：我承认。他说他是个厌世者，反正怎么样都没劲，没劲透了。他说过几天就要走，没时间耗下去了，让我赶快做出决定。于是我说：我决定要这孩子，一切都由我来承担，不用你付一分钱的抚养费。但有一点，我希望这孩子有一个正式的父亲，我不希望他受到歧视。

听完我的话他摔门就走了。

第二天一早他来，一进门就面无表情地说：星期一就去打结婚报告。他说打完报告就去浪迹天涯（很像电影里的话），去做苦力，他将放弃电影，他已经解散他的摄制组了。

我第一个反应就是我将永远见不到他了。我对他的话信以为真，一时觉得天崩地裂，痛不欲生，我想假如此生我再也见不着他，一切还会有什么意义。我说你去流浪你会告诉我你去哪里吗？他说：不告诉。我说：那你留下几张你的照片，你从来没有给过我照片。他说：看这堆烂肉干什么，看那个孽种还不够啊！

世界末日了。我想。

星期一上午几点？说吧，照你的意思办。他说。

我说：让你放弃电影，我成了罪人了。

他说：你还患得患失，我现在考虑的是我母亲，我得瞒着她，直到她死。今年是她的本命年。

我的思路被他引导过来，一时竟觉得有些惭愧。他又说：女人都是从自己的利益考虑，包括撒切尔。你说你三十岁了是你的最后一次机会了，你说精神和肉体都受到巨大损伤，那我放弃电影，这在精神上抵消了吧。我去做苦力，肉体也受苦，这下抵消了吧，你觉得平衡了吧。

我听得五内俱焚，大哭起来。我隐隐觉得，我可能要放弃我的想法了，但一想到要把跟自己血肉相连的孩子做掉，我就肝胆俱裂。看我哭得昏天黑地，他发急说：还要我怎么样？说吧，我去死行不行？我从楼上跳下去行不行？我不是人，我是猪，我是狗，行了吧！他边说边用头使劲撞墙，又到厨房大喝自来水。然后两人冷静下来，他又说：说吧，星期一上午几点？完了好各奔前程，你生你的孩子，我做我的苦力。但有一点需要事先说明，孩子我是不养的。

我的脑子一片混乱，我反复想：如果我要这个孩子，我将永远见不到他，见不到他我活着还有什么意义呢？这样的选择使我全身都在疼痛，根本无法权衡利弊做出冷静的决定，我只是想：

我将见不到他了。

忽然我说出了一句令自己难以置信的话，我说那我不要孩子了，也不要结婚。他一提气，立马说：有这个可能吗？我说如果这样，你就要照顾我十五天（我马上在心里想着这十五天是如何幸福的十五天，他每天跟我在一起，这样的一闪念心境竟神奇地变好了）。他却不吱声。我说：我不要孩子，也不要你照顾，你是不是希望这样？

他说：你怎样自己照顾自己呢？

我说：这是另一个问题，你是不是希望这样？

随你怎么想。他说。

他大概认为这是一个圈套，我并不诚心诚意改变自己的主意。于是他重新把脸板起来，说：星期一几点？

我说既然你这么不情愿，就不去算了。

他说我不是跟你不情愿，跟谁都不情愿。所有的婚姻都不好，所有的孩子都不好。

我终于知道我应该做出怎样的选择了。我知道我只是为了爱情才做出这样的选择。

为了让他放心去拍电影，我一刻都没耽误，星期一就去做了手术，手术前我自己硬撑着去买了大米和挂面，准备做手术后的粮食，这些本该由他去做的，但我没去麻烦他。我让他陪我到医院去，坐在手术室门外的椅子上等我，我想这是他起码要做的。但他在医院门口就溜走了。

手术后他也没有陪我，只是给我买了一盒人参蜂王精，我说这东西吃了会上火的。他说中国人动不动就上火。饿惯了，没劲。

孩子没有了，他可以放心出去采景了，我说：这下你轻松了吧？他说：变态了。我说：这孩子只活了四十九天，是你杀了他。四十九，这是一个不吉利的数字，孩子阴魂未散，你要当心。他说：我会暴死的。我作恶多端。然后他就外出采景去了。

月子里我常常哭泣。我知道我做了一次很本质的选择，一个孩子确确实实是没有了。世界上的概念只有两个，存在与非存在。我想我永远都不会有孩子了，我失去了孩子同时也失去了他，我没有他的照片，没有信，一切就像一场幻觉，连做爱都是，因为这是无法证明的，除非留下孩子。哪怕是被人议论一下，流言蜚语，这也是一个痕迹，让别人知道我跟他的关系，就确定了这种关系的存在，几个人的记忆总是比一个人的记忆更为可靠。只是记忆中停留着无可挽回的失去的爱情。

在月子里我神情恍惚，有时我觉得他是不真实的，我想这是因为我得不到他。我又想：他如果能为我所得他就不是他了，他敢于不为任何女人所得到是他最优秀的素质，正是因为这一点他才有了特殊的魅力。我爱他就想要得到他，正因为我得不到，所以才一定要得到，但他如果为人所得就将不是他了，我不需要一个不是他的男人。我宁愿他不是真实的，宁愿他只是一个幻影，他来自我的内心而不是我的身外，只有这样他才能为我所独有。女人就是女人，女人总是死死抓住一个看中的男人，男人却想挣脱一个获得更多，越多越好。

男人和女人没有共同的目标。

我对他充满了怨恨。但十几天过去，我的身体一天天好起来，便又十分想念他了。他在一个下雨天的夜晚突然来敲门，他穿着一件军用雨衣，头发湿漉漉的。我问他什么时候回来的？他说上午刚到。我想他是一直惦记着我的啊，他是爱我的。放弃了孩子，却获得了爱情，我想这是值得的。

在后来的日子里，为了给他将上的片子做案头准备，他让我陪他到图书馆查资料。这是他第一次请我公开跟他干一件事，我一时充满了幸福之感。我一天换一套衣服，每天精心化好了妆就等他来，然后一起去图书馆八楼查地方史志，又一起上街吃米粉，一起去复印，一起到厂里，甚至有一次，他趁母亲不在家，还把我领到了他家，并且动手给我做了一顿饭吃。我想，这些都是爱情有了保证的根据。

夏天到来的时候，有一个中午他跑来要我给他的片子写歌词，他将要上的是一个神话歌舞片，一共有十首歌词，原剧本的歌词很不理想，这关系到这个片子的成败，他让我帮他重写歌词，而且连夜就要赶出来。我说你怎么知道我就一定能写好呢？他说：在N城，除了你还有谁？这话使我很感满足。我随即换上了新纸，先听他说一遍规定情景，听完就写起来。那天天气十分闷热，起码有三十七八度，他躺在我的床上大口喘气，我趴在桌上写，他的歌词既要新鲜，又要明白如话，又要有味道，又要有民间色彩，自然还要押韵，而且一首要跟一首不同，有蚂拐（方言，青蛙）出洞歌、蚂拐受孕、小蚂拐出世歌等等，奇奇怪怪的，总之难度很大。那天我为爱情而写作，思维特别活跃，偶尔还有神来之笔，到吃晚饭的时候竟写成了四首。他一看，挺满意，当即就去替我买晚饭，让我继续写，争取晚上赶出来。晚饭后他仍陪在旁边，一会儿问我要不要抽烟，一会儿问要不要喝咖啡，要不要喝点儿葡萄酒，我从未被如此服务过，这使我兴奋异常，到了半夜就把十首歌词全部写成了，看了一遍，甚为得意。

他将这十首歌词抄了一遍要带走，我一眼看见漏了一个字，顺手抄起笔就要填上，他赶紧抢过来自己往纸上写。我满腹狐疑，他却走了。

第二天看见他我就说：这歌词是我写的，做字幕时要署上我的名字。

他说：你不要署，问题会搞复杂的。

我说：这是我的正当权益。

他想了一下，说：我从拍摄经费中给你弄四百块钱稿费吧，名你就不要署。

我说我不要钱，我要在你的片子里署上自己的名字。

他却生了气，说：不就是几首臭词吗？干脆你拿回去，我另外找人写。

我被吓住了，一时没说话。我想他是要让人认为是他写的，不然为什么我在稿纸上填一个字他都那么紧张。

他又说：等以后出盒带再署你的名吧。我心里想你又不是拍通俗商业片，还出什么盒带。但我还是说：算了，不署就不署。我想N其实是一个很虚荣的人，他要让人家看到他把原剧本改好了，而且歌词也写得很漂亮。我想我可以原谅他的这点虚荣。

发生了孩子的事情之后我没有悬崖勒马及早回头，反而更加深陷其中，我想我连孩子都牺牲掉了，我还有什么不能牺牲的，打掉孩子就像挖我的心。但我还是一次次迁就他，我看不到他对我的不好，我只想我的爱情崇高而纯洁。我深陷其中。

很快他就出外景去了，在长达两个月的漫长等待中，我给他写信，他没有回，我们之间没有任何联系。就在这个时候，有一个晚上，我的知心女友从N城东郊的艺术学院赶到西郊的电影厂，她说要告诉我一个重要的事情。

她满怀怜悯地看着我。她说：多米，你千万不要难过。我马上感觉到了，我的身体开始发飘，我的两腿都软了。女友抱了我一下，她说：多米，你不要当回事。

我全身发软，虚弱地说：不要紧，你说吧。女友说艺术学院有一个跟她不错的女孩亲口对她说，前一段N常去找她，还跪着向她求婚，赶都赶不走。女友说，这绝对是真的，因为她在那女孩那里看到N的照片了。这话如同万箭穿心，五雷轰顶，我一下两手冰凉，眼睛发直。恍惚中又听见女友说：我特意问了她时间，正是你做手术的那段。

我只是软软地坐着，一滴眼泪都没有，却不知怎么突然笑了起来，我大笑不止，笑过之后仍木木坐着，想想笑笑，笑笑想想，就像疯了一样。其实我心里明白，只是控制不住，一味地想笑。

我立即就像一个弃妇，一夜之间苍老了。我整整一个星期不想跟任何人说话，我不想吃饭也睡不着觉，我整夜吸烟，我的脸上新长了许多细小的皱纹，我的嗓子全嘶哑了，整个没有了样子。那时候厂里要重新办工作证，我勉强去照了一张照片，是在厂里照的。这张照片惨不忍睹。

我每天对窗枯坐，窗子的外面是那片他曾经在那上面补拍镜头的荒地，它黑暗深远，寂静无声。我听见一个苍老的声音从那里缓缓升起：爱比死残酷。

我想我此生再也不要爱情了。我将不再爱男人，直到我死。

他们说你还是走了好，厂里都要卖地了，你看见那块空地了吗？他们到窗口指给我看，空地上的荒草已经长得很高了，我问：这地卖了干什么用呢？他们说：听说买主将要在这上面盖一幢高楼。我想，用不了多久，这块空地将会被挖开，红色的泥土从深处被挖出来，土腥气将弥漫在空气中，钢筋水泥将要与这土地凝结在一起，然后长出一幢高耸的大楼，像巨大的铁钉钉在地上。我曾经在这块空地上整夜凝视过的N，他的身影，他的伙伴，以及他们在夜晚打亮的灯，它们因脱离了这块空地，而变得支离破碎，它们像一些幻影，在我的视野中逐渐远去。

尾声：逃离

多米是一个逃跑主义者。

一失败就要逃跑，她不如那些强悍的女人能跟她的对手一决雌雄，或者干出什么惊天动地杀人放火之类的事来。有一个日子，就是多米做人工流产的日子，她把这个日子牢记在心，在这个日子一周年的时候，多米在包里藏了一架相机去找Ｎ，她跟Ｎ一起抽烟，喝了咖啡。然后她突然说：Ｎ你听着，今天是我们的孩子死去一周年的日子，我要给他一点纪念。说着多米就迅速往包里掏东西，Ｎ一时脸色煞白，他不由自主地往墙角退一步，他不知道眼前这个疯狂的女人将要拿出一枚炸弹还是一把匕首，他想今天必死无疑了。但是多米只是掏出了一台相机，她抓住时机拍了一个Ｎ的狼狈镜头，她说我无论如何要留下一个纪念，我不能什么都没有。她说着就哭了起来。N这才松了一口气。

写到这里我大笑不已，那实在是一个滑稽的场面，不像现实生活，倒像一出拙劣而不真实的戏剧。

多米既不强悍同时也不精明，她不知道使出何种手段形成何种气氛才能对自己有利，她只好无法收拾地看着自己一败涂地。

她唯一的出路便只是逃跑。

逃跑的路途曲折遥远。

逃跑的路上孤独无助。

多米在她的童年时代就立下了壮志，她长大以后要到最远的北京去，这个念头一直沉落在最深的地方。现在一场大伤心，倒像撕裂了一个大口子，又像一道横空的闪电，把层层时空拨开，这个念头就像轻盈神奇的珍珠，一路浮着上来了，它闪着光，远远地照亮着多米要去的地方。在那些无限伤心的夜晚，多米想，原来我还要到北京去，我怎么就忘记了呢。命运让我遭受这种种打击，原来却都是些铺垫。

多米给自己找到了一个辉煌的逃离之地，这给了她极大的安慰。她就死里逃生，复苏了过来。

后来有一个老人收留了她。

这个老人就成了她的丈夫。

老人就像一堵墙，挡住了她所有的新朋旧友，使她孤立得只剩下自己的一个影子了。别人说多米为了达到自己的目的，嫁给了一个老头，出卖自己的爱情，这是多么可耻啊！多米就对这个社会上纯洁的人们抱了失望的态度。

多米她从此就脱胎换骨了。

旧的多米已经死去，她的激情和爱像远去的雷声永远沉落在地平线之下了，她被抽空的躯体骨瘦如柴地在北京的街头轻盈地游逛。她常常到地铁去，在多米的小说中，河流总是地狱的入口处，她想若要在一个庞大的城市寻找地狱的入口处，那一定就是地铁深处某个幽黑的洞口。我常常在地铁站看见她，她穿着一件宽大的黑色风衣，像幽灵一样徘徊在地铁入口处，她轻盈地悬浮在人群中，无论她是逆着人群还是擦肩而过，他人的行动总是妨碍不了她。她的身上散发着寂静的气息，她的长发飘扬，翻卷着另一个世界的图案，就像她是一个已经逝去的灵魂。

这个念头使我悚然心惊。

有一天多米在地铁遇到梅琚，那个脾气古怪的独身女人，她邀请多米到她的家中去。

梅琚家中的镜子依然如故，仍是那样地布满了各个房间，面对任何方向都会看到自己。多米在这样的房间里心里觉得格外地安宁，一种多米熟悉的青黄色光从镜子的深处透迤而来，她忽然想起了十年前漫游大西南时曾经进去的朱凉的房间。这使她心有